世《せ》界《かい》一《いち》クラブ

宿《しゅく》泊《はく》体《たい》験《けん》はサプライズ!?

大《おお》空《ぞら》なつき・作
明《あき》菜《な》・絵

角川つばさ文庫

世《せ》界《かい》一《いち》クラブ

宿《しゅく》泊《はく》体《たい》験《けん》はサプライズ!?

目《もく》次《じ》

世《せ》界《かい》一《いち》クラブ
人《じん》物《ぶつ》紹《しょう》介《かい》
世界一《せかいいち》の天才少年《てんさいしょうねん》
世界一《せかいいち》の柔道少女《じゅうどうしょうじょ》
五《ご》井《い》すみれ
小《しょう》6。運動《うんどう》は何《なん》でも得意《とくい》！柔道《じゅうどう》の世界大会優勝《せかいたいかいゆうしょう》。だれかれかまわず、投《な》げとばす!?
徳《とく》川《がわ》光《こう》一《いち》
小学《しょうがく》6年生《ねんせい》。読《よ》んだ本《ほん》はもう何十万冊《なんじゅうまんさつ》。しかし、起《お》きてから3時間《じかん》たつと、眠《ねむ》っちゃう!?

世界一《せかいいち》の忍《しの》び
風《かぜ》早《はや》和《かず》馬《ま》
小《しょう》6。忍者《にんじゃ》の家系《かけい》。忍《しの》びの大会《たいかい》で優勝《ゆうしょう》。けれど、忍《しの》びとバレてはいけない!
世界一《せかいいち》のエンターテイナー
八《や》木《ぎ》健《けん》太《た》
小《しょう》6。ものまね、マジック、コント、漫才《まんざい》などがプロなみ。でも、世界一《せかいいち》のドジ!?
世界一《せかいいち》の美少女《びしょうじょ》
日《ひ》野《の》クリス
美少女《びしょうじょ》コンテスト世界大会《せかいたいかい》で優勝《ゆうしょう》。ただし、超《ちょう》はずかしがりや!

★1 クリスの悩《なや》みごと

豆腐《とうふ》、たまご、ヨーグルト。

……牛乳《ぎゅうにゅう》も入《はい》ってるから、けっこう重《おも》いな。

ついでにコーラでも買《か》おうと思《おも》ってたけど、やめて正解《せいかい》だ。

徳川光一《とくがわこういち》は、手《て》に持《も》った袋《ふくろ》をのぞきこむ。母《はは》の久美《くみ》に頼《たの》まれたものと、頭《あたま》の中《なか》で照《て》らしあわせた。

買《か》い逃《のが》しは、ないな。

夕方《ゆうがた》を過《す》ぎたショッピングモールは、仕事帰《しごとがえ》りのサラリーマンが行《い》きかっていて、せわしない。

おれも、早《はや》く家《いえ》に帰《かえ》って、本《ほん》の続《つづ》きを読《よ》もう。

今日《きょう》、学校《がっこう》から借《か》りてきたのは、『世界《せかい》の怖《こわ》い話《はなし》100選《せん》』。

まだ出《で》だしだけど、すごくおもしろかったし——。

「おーい、光一《こういち》くん!」

数歩進《すうほすす》んだところで、遠《とお》くから呼《よ》ぶ声《こえ》が聞《き》こえる。足《あし》を止《と》めて振《ふ》りむくと、通路《つうろ》の向《む》こうから、ワイシャツ姿《すがた》の男《おとこ》の人《ひと》が、子《こ》ども顔負《かおま》けに大《おお》きく手《て》を振《ふ》っていた。

あれは――宏《ひろし》さん、健太《けんた》の父《とう》さんだ。

「今日《きょう》は、おつかい？ 今《いま》、ちょうど野菜《やさい》コーナーで特売《とくばい》が……って、わああっ！」

駆《か》けだした宏《ひろし》の足《あし》が、つるりと床《ゆか》をすべる。近《ちか》くのカゴに、勢《いきお》いよく顔《かお》からつっこんだ。

ガシャーン！

……やっぱり、健太《けんた》のドジはおじさんゆずりだよな。

「おじさん、だいじょうぶですか？」

「ありがとう。いつものことだから、だいじょうぶだいじょうぶ」

おそるおそる近《ちか》づくと、宏《ひろし》が笑《え》みを浮《う》かべながら、あははと頭《あたま》をかいた。

そうだ、前回《ぜんかい》の事件《じけん》で、おじさんには密《ひそ》かに協力《きょうりょく》してもらったんだっけ。

ちゃんとお礼《れい》を言《い》っておかないと。

「そういえば、先日《せんじつ》はありがとうございました。すごく助《たす》かりました」

「いいんだよ。お店《みせ》の人《ひと》も助《たす》かったって言《い》ってたから。あっ！ そのお礼《れい》と言《い》ってはなんだけど、ちょっと困《こま》ってることがあるんだ。よかったら頼《たの》まれてくれないかな？」

「……もちろん、おれでできることなら、お手伝《てつだ》いしますけど」

「ホント!?　じつはねえ」

宏《ひろし》は声《こえ》をひそめると、店《みせ》の奥《おく》へと視線《しせん》を向《む》ける。光一《こういち》も、つられて振《ふ》りかえった。

洋服《ようふく》や文房具《ぶんぼうぐ》を売《う》っている雑貨《ざっか》のコーナーの入《い》り口《ぐち》に、女《おんな》の子《こ》がじっと立《た》ちつくしている。

すらりとしたスタイルに、長《なが》い脚《あし》。栗色《くりいろ》の大《おお》きな三《み》つ編《あ》みは、よく見《み》なれたものだ。

「……あれって」

クリス、だよな？

「よかったあ。光一《こういち》くんのお友《とも》だちなんだね。じつは、あの子《こ》がかれこれ一時間《じかん》くらい、ずーっとあそこに立《た》ってるんだよ。よかったら、声《こえ》をかけてあげてくれないかなあ」

「店長《てんちょう》！　もう会議《かいぎ》が始《はじ》まりますよ〜！」

「はーい！　じゃあ、光一《こういち》くん。悪《わる》いけどよろしくね」

奥《おく》にいたスタッフに呼《よ》ばれて、宏《ひろし》はさっと背《せ》を向《む》ける。また家《いえ》に遊《あそ》びに来《き》てねえ、と大声《おおごえ》で言《い》いながら、走《はし》りさっていった。向《む》こうでも、ってんと転《ころ》ぶのが見《み》えて、光一《こういち》は苦笑《にがわら》いをする。

健太《けんた》のおじさんって、あわただしいよな。実際《じっさい》、店長《てんちょう》って忙《いそが》しそうだし。

店員《てんいん》さんからは信頼《しんらい》されてるみたいだけど。

っと、そうだった。

光一《こういち》は、雑貨《ざっか》コーナーへと視線《しせん》を戻《もど》す。まだ、さっきの女《おんな》の子《こ》は、手《て》に持《も》った商品《しょうひん》をせわしそうに見《み》くらべていた。

「ええっと、こっちだと、小《ちい》さい……かしら。でも、こっちだと派手《はで》で浮《う》いちゃうかも……っ」

ぼそぼそと聞《き》こえてくる声《こえ》は、やっぱりクリスのものだ。

いったい、何《なに》を見《み》てるんだ？

光一《こういち》は、袋《ふくろ》を持《も》ちなおすと、クリスに一歩《ぽ》ずつ近《ちか》づく。後《うし》ろから、軽《かる》い調子《ちょうし》で声《こえ》をかけた。

「クリス、何《なに》してるんだ？」

「えっ!?」

クリスが、円《つぶ》らな瞳《ひとみ》をさらに大《おお》きく見開《みひら》きながら振《ふ》りむく。よほど驚《おどろ》いたのか、トレードマークのピンクの縁眼鏡《ふちめがね》が、思《おも》いっきりずれていた。

手《て》に持《も》ってるのは……旅行用《りょこうよう》のバッグ？

「とっ、徳川《とくがわ》くん……なんでここに!?」

「母《かあ》さんから買《か》い物《もの》を頼《たの》まれて。クリスは？　やけ

に考《かんが》えこんでるみたいだったけど」

「えっと……その、ええっと」

クリスの顔《かお》が、みるみる赤《あか》くなる。光一《こういち》から距離《きょり》を取《と》ろうと一歩下《ぼさ》がった拍子《ひょうし》に、背中《せなか》が棚《たな》にコツンとぶつかって、上《うえ》に載《の》っていたバッグが落《お》ちてきた。

「あぶないっ！」

とっさに、ぐいっとクリスの腕《うで》を引《ひ》く。よろけたクリスの後《うし》ろで、どさどさとバッグが落《お》ちる音《おと》が響《ひび》いた。

「あ……ありがとう、徳川《とくがわ》くん」

「別《べつ》に。クリスにけががなくてよかった」

光一《こういち》は、ほっとしながらクリスを見《み》あげる。間近《まぢか》で見《み》るクリスの顔《かお》は、息《いき》をのむくらいきらきらとしていて、少《すこ》し直視《ちょくし》しにくい。

おかしいな。いつもは、そこまで気《き》にならないんだけど。

って……マズい！

「クリス、外《はず》れてるぞ！　眼《め》――」

「だいじょうぶですか!?」

光一《こういち》が言《い》いおえる前《まえ》に、店《みせ》の奥《おく》から店員《てんいん》さんが血相《けっそう》を変《か》えて飛《と》びだしてくる。クリスは、すばやく光一《こういち》から離《はな》れると、あわてて頭《あたま》を下《さ》げた。

「すみません！　わたしが、棚《たな》にぶつかってしまって……」

「だいじょうぶですよ。商品《しょうひん》は壊《こわ》れてはいないし……あれ？　あなた、もしかして日野《ひの》クリスちゃん⁉」

「えっ！」

クリスの表情《ひょうじょう》が、石《いし》になったかのように硬直《こうちょく》する。はっとしながら、三《み》つ編《あ》みをかけた耳元《みみもと》を手《て》で探《さぐ》ると、青《あお》い顔《かお》になった。

「めっ、眼鏡《めがね》がないっ⁉」

「キャー！　わたし、ファンなの。よかったら、お店《みせ》にサインもらっていいかしら⁉」

「あっ！　あの子《こ》って、クリスちゃんじゃない？」

「わたし、昨日《きのう》、雑誌《ざっし》の特集記事《とくしゅうきじ》で見《み》た〜！　私服《しふく》もかわいい！」

店員《てんいん》の悲鳴《ひめい》をきっかけに、近《ちか》くを歩《ある》いていた人《ひと》がわれ先《さき》にと、クリスのまわりに集《あつ》まってくる。

光一《こういち》は、その人《ひと》ごみに押《お》しだされながら、はーっとため息《いき》をついた。

四月《がつ》に転校《てんこう》してきたばかりの、日野《ひの》クリス。

小学生美少女《しょうがくせいびしょうじょ》コンテストの世界大会《せかいたいかい》で優勝《ゆうしょう》した、〈世界一《せかいいち》の美少女《びしょうじょ》〉だ。

普通《ふつう》に立《た》っているだけで人目《ひとめ》を引《ひ》きつける存在感《そんざいかん》があるものの、本当《ほんとう》は根《ね》っからの恥《は》ずかしがりや。いつもは、その存在感《そんざいかん》と顔《かお》をかくすため、特注《とくちゅう》のピンクの縁眼鏡《ふちめがね》をかけている。

でも、うっかり外《はず》れると、大変《たいへん》なことになるんだよな。

こう人《ひと》が多《おお》い場所《ばしょ》だと、見物人《けんぶつにん》は増《ふ》える一方《いっぽう》だ。

こうなったら——。

光一《こういち》は、床《ゆか》に落《お》ちていたピンクの眼鏡《めがね》を拾《ひろ》うと、中心《ちゅうしん》へと人《ひと》ごみをかきわける。わずかに見《み》えたクリスの細《ほそ》い腕《うで》を、迷《まよ》わずつかんだ。

「徳川《とくがわ》くん!?」

「逃《に》げるぞ!」

そのまま、人《ひと》の間《あいだ》をぬって通路《つうろ》を走《はし》りだす。息《いき》を切《き》らしたクリスといっしょに、角《かど》を曲《ま》がると、手元《てもと》の袋《ふくろ》が、大《おお》きな音《おと》を立《た》ててきしんだ。

……たまごが、割《わ》れないといいけど。

2 活動班《かつどうはん》は楽《たの》しみだらけ☆

「それで、その後《あと》どうなったの？」

前《まえ》の席《せき》に座《すわ》ったすみれが、ぐっと身《み》を乗《の》りだす。光一《こういち》は、本《ほん》の活字《かつじ》を目《め》で追《お》いながら言《い》った。

「ショッピングモールの外《そと》まで逃《に》げきって、眼鏡《めがね》を返《かえ》した」

眼鏡《めがね》をかけた後《あと》のクリスは、普通《ふつう》に歩《ある》いていてもだれも振《ふ》りかえらなかった。

本当《ほんとう》に、その特注《とくちゅう》の眼鏡《めがね》はどんな仕組《しく》みなんだ？

「……思《おも》いだしただけでも、恥《は》ずかしいわ」

すみれの隣《となり》で、クリスが肩《かた》を落《お》としながらため息《いき》をつく。小《ちい》さくうつむくと、三《み》つ編《あ》みがさらりと肩《かた》から落《お》ちた。

教室《きょうしつ》は朝《あさ》のホームルーム直前《ちょくぜん》。クラスメイトはみんな席《せき》を立《た》って、わいわいとおしゃべりに花《はな》を咲《さ》かせている。五月《がつ》も半《なか》ばを過《す》ぎて暑《あつ》くなったから、男子《だんし》も女子《じょし》も、すっかり軽装《けいそう》だ。

半袖《はんそで》のカットソーを着《き》たすみれが、光一《こういち》の机《つくえ》にほおづえをつく。あきれたように、やれやれと肩《かた》をすくめた。

「光一《こういち》って、もう一声《ひとこえ》、カッコよさが足《た》りないよね。あたしだったら、もっとカッコよくクリスを助《たす》けてあげられたのに」

「人《ひと》をまくのに、カッコよくも何《なに》もないだろ」

「そんなことないってば。例《たと》えば、お姫様《ひめさま》だっことか？」

それは、もっと目立《めだ》つだけだ。

「でも、わたしのほうが、すみれより身長《しんちょう》が高《たか》いし……」

「だいじょうぶ！　あたしなら、クリスなんてラクラク抱《かか》えられるから」

心配《しんぱい》そうなクリスに、すみれが自信満々《じしんまんまん》に胸《むね》をそらす。光一《こういち》は顔《かお》をしかめながら、読《よ》んでいた本《ほん》を閉《と》じた。

家《いえ》が隣同士《となりどうし》で、幼稚園《ようちえん》に入《はい》る前《まえ》からの幼《おさな》なじみ。五井《ごい》すみれ。

こうしていると小柄《こがら》な普通《ふつう》の女子《じょし》に見《み》える。

けれど、その正体《しょうたい》は、スポーツ選手顔負《せんしゅかおま》けの、超抜群《ちょうばつぐん》な運動神経《うんどうしんけい》の持《も》ち主《ぬし》。どんな大人《おとな》も軽々《かるがる》と投《な》げとばしてしまう〈世界一《せかいいち》の柔道少女《じゅうどうしょうじょ》〉。

もちろん、すみれもクリスも、〈世界一《せかいいち》クラブ〉のメンバーだ。

世界一《せかいいち》クラブ。

男子《だんし》三人《にん》に女子《じょし》二人《ふたり》、合計《ごうけい》五人《にん》のメンバーは、みんな性格《せいかく》も好《この》みもバラバラだ。けれど、一つだけ大《おお》きな共通点《きょうつうてん》がある。

それは——世界一《せかいいち》の特技《とくぎ》を持《も》った小学生《しょうがくせい》であること。

おれたちは、始業式《しぎょうしき》の日《ひ》に学校《がっこう》で起《お》きた『脱獄犯立《だつごくはんた》てこもり事件《じけん》』をきっかけにクラブを結成《けっせい》。今《いま》までに、『当《あ》たり屋大量詐欺事件《やたいりょうさぎじけん》』や『東京駅爆破未遂事件《とうきょうえきばくはみすいじけん》』など、人知《ひとし》れず大事件《だいじけん》を解決《かいけつ》してきた。

前回《ぜんかい》の事件《じけん》で、和馬《かずま》の祖父《そふ》・達蔵《たつぞう》と東京駅《とうきょうえき》で対決《たいけつ》し、助《すけ》っ人《と》ではあるけれど、和馬《かずま》も世界一《せかいいち》クラブに正式加入《せいしきかにゅう》。

おれたちは、放課後《ほうかご》や昼休《ひるやす》みになると、秘密基地《ひみつきち》でもある児童会室《じどうかいしつ》になんとなく集《あつ》まるようになった。

でも、ここのところはいたって平和《へいわ》だ。

「クリスちゃん、元気《げんき》だしてよ～。あっ、そうだ」

急《きゅう》に、健太《けんた》がごそごそと自分《じぶん》のバッグを探《さぐ》る。中《なか》から白《しろ》い何《なに》かをつかみだすと、じゃーん！

と効果音《こうかおん》をつけながら、三人《にん》の前《まえ》にかざした。

手《て》のひらサイズの……ウサギのぬいぐるみ？

『こんにちは、クリスちゃん！』

「ええっ、ぬいぐるみがしゃべった！」

すみれが、ぎょっとしてウサギに顔《かお》を近《ちか》づける。光一《こういち》は、ため息《いき》をつきながら、腕《うで》を組《く》んだ。

「健太《けんた》の、いつもの腹話術《ふくわじゅつ》だろ」

……あまりにぬいぐるみの動《うご》きが自然《しぜん》すぎて、おれも一瞬《いっしゅん》だまされかけたけど。

「やっぱり、光一《こういち》をびっくりさせるのはむずかしいなあ」

健太《けんた》が、にっこり笑《わら》いながら腕《うで》を動《うご》かす。ウサギは、机《つくえ》の上《うえ》でぴょんぴょんと元気《げんき》よくスキップをした。

世界一《せかいいち》クラブのメンバーの一人《ひとり》。小《しょう》二からの親友《しんゆう》の、八木健太《やぎけんた》。

手品《てじな》や声《こえ》まね、一人《ひとり》コントなどなど、あの手《て》この手《て》でみんなの爆笑《ばくしょう》を誘《さそ》ってくる、〈世界一《せかいいち》のエンターテイナー小学生《しょうがくせい》〉だ。

その一方《いっぽう》で、何《なに》もないところでも転《ころ》ぶから、〈世界一《せかいいち》のドジ小学生《しょうがくせい》〉ともささやかれている。

白《しろ》いウサギは、ごそごそとベストを探《さぐ》りながら、クリスの前《まえ》に進《すす》みでる。小《ちい》さな手《て》をさっと出《だ》したと思《おも》った瞬間《しゅんかん》、チョコの包《つつ》みがぽろぽろと机《つくえ》の上《うえ》に飛《と》びだした。

このウサギ、手品《てじな》もできるのか。って、そのベストのどこに、こんなにかくし持《も》ってたんだ!?

『元気《げんき》がないクリスちゃんにプレゼント！　とってもおいしいよ』

「……ありがとう、健太《けんた》」

こういうのが、健太《けんた》のいいところだよな。

クリスが照《て》れくさそうにほほえみながら、ウサギからチョコを受《う》けとると、健太《けんた》も、ウサギと顔《かお》をつきあわせながら、へらっと笑《わら》う。

こぼれおちたチョコを拾《ひろ》っていたすみれが、その横《よこ》で首《くび》をかしげた。

「それで、クリスはショッピングモールで何《なに》を悩《なや》んでたの？」

「あっ……えっと、大《たい》したことじゃないんだけど……」

クリスが、バッグからピンク色《いろ》の手帳《てちょう》を取《と》りだす。表紙《ひょうし》をそっと広《ひろ》げると、カレンダーいっぱいに書《か》かれた小《ちい》さな文字《もじ》が、目《め》に飛《と》びこんだ。

ほとんど予定《よてい》で埋《う》まってる。クリスって、思《おも》っていた以上《いじょう》に忙《いそが》しいんだな。

「何《なに》これ！　ピアノにダンスに日本舞踊《にほんぶよう》、あと、語学《ごがく》と……習《なら》いごとだけで、めちゃくちゃたくさんある！　あっ、ここに書《か》いてあるの、もしかしてファッション雑誌《ざっし》の撮影《さつえい》!?」

「ホントだ！　ぼくたちも、クリスちゃんのついでに雑誌《ざっし》に載《の》ったりできないかなあ」

「ええっと、それはどうかわからないけど……」

困《こま》ったように眉《まゆ》を下《さ》げながら、クリスがさらにページをめくる。今月《こんげつ》のカレンダーを開《ひら》くと、指《ゆび》をすべらせた。

指《ゆび》さしたのは――来週《らいしゅう》の火曜《かよう》。三《み》ツ谷《や》小《しょう》の六年生《ねんせい》一学期《がっき》メインイベント、宿泊体験《しゅくはくたいけん》の初日《しょにち》だ。

「もうすぐ、二泊三日《はくみっか》の宿泊体験《しゅくはくたいけん》に行《い》くでしょう？　だから、それに持《も》っていくためのバッグを買《か》おうと思《おも》ってたんだけど……どんなバッグにすればいいのか、よくわからなくて」

恥《は》ずかしいのか、クリスの声《こえ》がだんだんと小《ちい》さくなる。視線《しせん》を落《お》として、ふうと息《いき》をはいた。

「わたし……じつは、前《まえ》の学校《がっこう》ではかぜで欠席《けっせき》して……こういう行事《ぎょうじ》に参加《さんか》したことがないの」

「校区《こうく》のキャンプとか、自由参加《じゆうさんか》のものものもか？」

「うん……」

「そうだったんだ」

健太《けんた》が、ものめずらしそうに瞬《まばた》きをする。クリスは、うつむきながら手帳《てちょう》をきゅっとにぎった。

「でも、そろそろ買《か》わないと宿泊体験《しゅくはくたいけん》に間《ま》に合《あ》わないし……」

「それなら、任《まか》せてよ！　あたし、そういうのはくわしいんだ」

すみれが、イスから立《た》ちあがりながら、ドーンと自分《じぶん》の胸《むね》を叩《たた》く。

たしかに、すみれは柔道《じゅうどう》だけじゃなくて、他《ほか》のスポーツでもよく大会《たいかい》に出《で》かけてる。意外《いがい》と、この中《なか》では一番《いちばん》、旅慣《たびな》れてるかもしれないな。

「今度《こんど》、いっしょに買《か》いに行《い》こうよ。あたしも、新《あたら》しいT《ティー》シャツ買《か》いたいし」

「……いいの？」

「もちろん！　どーんと、泥船《どろぶね》に乗《の》ったつもりでいてよ」

「それを言《い》うなら、大船《おおぶね》だろ」

泥船《どろぶね》だったら、水《みず》に溶《と》けて沈没《ちんぼつ》するぞ。

「できるだけ大《おお》きな船《ふね》に乗《の》ったほうが、沈没《ちんぼつ》しにくい。だから、『大船《おおぶね》に乗《の》る』っていう言葉《ことば》には、頼《たよ》りになる人《ひと》に任《まか》せて安心《あんしん》するっていう

意味《いみ》があるんだ」

「さっすが、光一《こういち》！〈世界一《せかいいち》の天才少年《てんさいしょうねん》〉ってカンジ」

「これくらいは、常識《じょうしき》だ」

すみれのからかいにむっとしながら、光一《こういち》は閉《と》じた本《ほん》の上《うえ》に手《て》を置《お》いた。

百科事典《ひゃっかじてん》は、幼稚園《ようちえん》に入《はい》る前《まえ》に読破済《どくはず》み。今《いま》までに読《よ》んだ本《ほん》は、もう何十万冊《なんじゅうまんさつ》かわからない。

そんなこともあって、光一《こういち》は〈世界一《せかいいち》の天才少年《てんさいしょうねん》〉と呼《よ》ばれている。

「これでバッグの件《けん》は解決《かいけつ》だね！」

健太《けんた》が、ウサギを操《あやつ》ってパチパチと拍手《はくしゅ》をする。最後《さいご》に、一際大《ひときわおお》きくパチンと手《て》を打《う》った。

「そうだ！　クリスちゃん。せっかくだし、ぼくたち四人《にん》で宿泊体験《しゅくはくたいけん》の活動班《かつどうはん》を組《く》もうよ」

「えっ。いいの……？」

「健太《けんた》、ナイスアイディア！　みんなでいろいろ活動《かつどう》するの、絶対楽《ぜったいたの》しいし。ね、光一《こういち》」

すみれが、クリスの手《て》をぎゅっとにぎりながら振《ふ》りかえる。

もちろん、おれも大歓迎《だいかんげい》だ。

「クリスがよければ」

「……ありがとう」

「みんな、おはよう！　宿題《しゅくだい》はやってきたか？　朝《あさ》のホームルームを始《はじ》めるぞ」

「げっ！　もうそんな時間《じかん》!?」

「あああ、算数《さんすう》のプリントするの、忘《わす》れてたあ！」

福永先生《ふくながせんせい》が声《こえ》を張《は》りあげながら、前《まえ》のドアから教室《きょうしつ》に入《はい》ってくると、みんながあわてて席《せき》に着《つ》く。クラスメイトも自分《じぶん》の席《せき》に戻《もど》って、あっという間《ま》に、教室《きょうしつ》は静《しず》かになった。

おれも、授業《じゅぎょう》の準備《じゅんび》をしないと。

光一《こういち》は、引《ひ》き出《だ》しに手《て》を入《い》れながら、ちらりと左腕《ひだりうで》を見《み》る。青《あお》い腕時計《うでどけい》が、窓《まど》からの朝日《あさひ》を反射《はんしゃ》した。

おれは、三時間《じかん》に一度《ど》、強制的《きょうせいてき》に眠《ねむ》ってしまう体質《たいしつ》を持《も》っている。外出中《がいしゅつちゅう》でも運動中《うんどうちゅう》でも、関係《かんけい》なく突然眠《とつぜんねむ》りこんでしまう。だから、自主的《じしゅてき》に仮眠《かみん》をとって、寝《ね》る時間帯《じかんたい》を調整《ちょうせい》するのは欠《か》かせない。

今日《きょう》は、二時限目《じげんめ》が終《お》わったらすぐに寝《ね》て、あとは……。

「光一《こういち》、こういち」

福永先生《ふくながせんせい》が読《よ》みあげる連絡《れんらく》にかぶさって、押《お》し殺《ころ》した声《こえ》が聞《き》こえる。顔《かお》を上《あ》げると、前《まえ》の席《せき》に座《すわ》ったすみれが、こっそりとこちらを振《ふ》りかえっていた。

ものすごく気味《きみ》が悪《わる》い、にやっとした顔《かお》で。

「じつはあたし、めちゃくちゃいいこと考《かんが》えついたんだけど」

すみれの考《かんが》えるいいことは、たいていロクでもない。

……柔道技《じゅうどうわざ》で投《な》げとばされそうだから、本人《ほんにん》には言《い》わないけど。

「今《いま》から、急《いそ》いで宿題《しゅくだい》をやって、福永先生《ふくながせんせい》に怒《おこ》られないようにするとか？」

「違《ちが》うってば。世界一《せかいいち》クラブのこと！　最近《さいきん》、事件《じけん》がなくってヒマでしょ？」

「ヒマじゃない。おれには読《よ》みたい本《ほん》がたくさんあるんだ」

光一《こういち》は、口《くち》をへの字《じ》に曲《ま》げながら、机《つくえ》の脇《わき》にかけたバッグをぽんぽんと軽《かる》く叩《たた》く。いつもどおり、中《なか》は返却《へんきゃく》する本《ほん》でいっぱいだ。

「ここのところ平和《へいわ》なおかげで、やっと落《お》ちついて読書《どくしょ》ができてるんだ。だから」

「でも、ちょっとつまんないって思《おも》ってるくせに」

うっ。

幼《おさな》なじみだからって、また微妙《びみょう》に痛《いた》いところをついてくるな。

落《お》ちついて本《ほん》が読《よ》めるのはいいことなんだけど、たしかに少《すこ》しものたりない気《き》もする。

だんだん、普通《ふつう》じゃない毎日《まいにち》に慣《な》れてきてるのか？

「事件《じけん》がないっていっても、和馬《かずま》のじいさんとの勝負《しょうぶ》から、まだそんなに経《た》ってないだろ」

「時間《じかん》は関係《かんけい》ないんだってば。だから、世界一《せかいいち》クラブで自主活動《じしゅかつどう》しようよ」

そう言《い》いきると、すみれは得意《とくい》げに指《ゆび》を立《た》てる。声《こえ》は抑《おさ》えたまま、面食《めんく》らった光一《こういち》の顔《かお》に、ぴっとつきつけた。

「みんなで、クリスに宿泊体験《しゅくはくたいけん》の思《おも》い出《で》をプレゼントするの！　とびきりのサプライズでっ」

「はあ!?」

サプライズ!?

「とにかく、お昼《ひる》に図書館《としょかん》に集合《しゅうごう》！　和馬《かずま》にも、声《こえ》かけといてよね」

「またおれか!?」

「だって、あたしだと逃《に》げられそうだし。それに、名前《なまえ》で呼《よ》ぶくらい仲良《なかよ》くなったんでしょ？」

だからって、おれに押《お》しつけるなよ。

そう言《い》いかえそうとしたときには、すみれはわざとらしいくらい前《まえ》を向《む》いて、福永先生《ふくながせんせい》の話《はなし》にうなずいている。

光一《こういち》は、引《ひ》き出《だ》しから一時限目《じげんめ》の算数《さんすう》の教科書《きょうかしょ》を出《だ》すと、はーっと息《いき》をはいた。

★3 友《とも》だちはガードがかたい？

コンコン

光一《こういち》は、隣《となり》のクラスのドアを軽《かる》くノックして、ちらりと中《なか》をのぞく。教室《きょうしつ》の後《うし》ろに目《め》を向《む》けると、すぐに和馬《かずま》と目《め》が合《あ》った。

そのまま、声《こえ》をかけずに、黙《だま》って廊下《ろうか》を先《さき》へ進《すす》む。つきあたりにある非常階段《ひじょうかいだん》のドアを開《あ》けて外《そと》へ出《で》た瞬間《しゅんかん》、人影《ひとかげ》が屋根《やね》から、踊《おど》り場《ば》に音《おと》もなく着地《ちゃくち》した。

「何《なに》かあったのか」

「ええっと」

……どこから来《き》たのかは、聞《き》かないほうがいいよな。

光一《こういち》は、眉《まゆ》をひそめながら、目《め》の前《まえ》の人物《じんぶつ》を見上《みあ》げる。黒《くろ》っぽい服装《ふくそう》に身《み》を包《つつ》んだ和馬《かずま》は、不思議《ふしぎ》そうにかすかに首《くび》をかしげた。

隣《となり》のクラスの風早和馬《かざはやかずま》。

世界一《せかいいち》クラブの最後《さいご》の一人《ひとり》。忍《しの》びの大会《たいかい》で毎年優勝《まいとしゆうしょう》している、〈世界一《せかいいち》の忍《しの》び小学生《しょうがくせい》〉。

ただし、その正体《しょうたい》を知《し》っているのは、この学校《がっこう》では光一《こういち》たち世界一《せかいいち》クラブのメンバーだけだ。

正体《しょうたい》がバレるのは、忍《しの》びとしては致命的《ちめいてき》。だから、和馬《かずま》は目立《めだ》つのを避《さ》けるために、児童会室《じどうかいしつ》以外《いがい》の場所《ばしょ》では、クラブのメンバー、特《とく》にすみれや健太《けんた》をできる限《かぎ》り避《さ》けている。

光一《こういち》は、頭《あたま》の中《なか》で伝《つた》える言葉《ことば》を選《えら》びながら、口《くち》を開《ひら》いた。

「えっと……すみれが、宿泊体験《しゅくはくたいけん》でクリスにサプライズをしようって言《い》ってるんだ」

「……サプライズ？」

和馬《かずま》が、なぜ？　と問《と》いたげに目《め》を細《ほそ》める。光一《こういち》は、ため息《いき》をつきながら頭《あたま》をかいた。

「クリスが、学校行事《がっこうぎょうじ》で宿泊《しゅくはく》するのが初《はじ》めてだから。とにかく、そのための話《はな》し合《あ》いがしたいから、図書館《としょかん》に集《あつ》まってほしいって」

「……オレは参加《さんか》しない」

静《しず》かな声《こえ》が、非常階段《ひじょうかいだん》に響《ひび》く。こんなに暑《あつ》いのに、汗《あせ》一つかきそうにない涼《すず》し気《げ》な表情《ひょうじょう》で、和馬《かずま》ははっきりと言《い》った。

「オレは隣《となり》のクラスだから関《かか》わりにくいし、宿泊《しゅくはく》

体験中《たいけんちゅう》は、みんなの目《め》もある。目立《めだ》つことをするつもりなら、あまり声《こえ》をかけないでくれ」

まあ、そう言《い》うだろうと思《おも》ってたけど。

「わかった。二人《ふたり》にはそう伝《つた》えとく」

光一《こういち》の返事《へんじ》を聞《き》きおえると、和馬《かずま》は黙《だま》ってきびすを返《かえ》す。光一《こういち》も、和馬《かずま》に背《せ》を向《む》けて、下《した》へと非常階段《ひじょうかいだん》に足《あし》をかけた。

すみれには、和馬《かずま》の参加《さんか》はあきらめてもらうしかないな。

すんなり納得《なっとく》するといいけど――。

「ただ、もし――」

ん？

後《うし》ろから、ぽつりと声《こえ》が聞《き》こえて足《あし》を止《と》める。踊《おど》り場《ば》から上《うえ》の階《かい》を見上《みあ》げると、和馬《かずま》の姿《すがた》が閉《し》まりかけるドアのすきまから、少《すこ》しだけのぞいていた。

「――何《なん》でもない」

ドアが、音《おと》を立《た》てて閉《し》まる。光一《こういち》は、顔《かお》をしかめながら反転《はんてん》すると、階段《かいだん》をひょいと一段飛《いちだんと》ばしに下《くだ》った。

あいかわらず、和馬《かずま》はそっけないよな。これでも、以前《いぜん》とは段違《だんち》いだけど。

二階《かい》の非常階段《ひじょうかいだん》から、教室棟《きょうしつとう》を抜《ぬ》ける。廊下《ろうか》を曲《ま》がると、もう待《ま》ち合《あ》わせの図書館《としょかん》だ。

いちおう、一度《いちど》入《い》り口《ぐち》の前《まえ》で辺《あた》りをうかがってみる。

……クリスは、いないよな。

そっと、ドアに手《て》をかける。中《なか》に入《はい》ると、一番奥《いちばんおく》のテーブルを陣取《じんど》ったすみれと健太《けんた》がぶんぶんと手《て》を振《ふ》っていた。

「あ、やっと来《き》た！」

「おーい、光一《こういち》」

恥《は》ずかしいから、あんまり大声《おおごえ》で呼《よ》ぶなって。

光一《こういち》は、周囲《しゅうい》の視線《しせん》を気《き》にしながら急《いそ》いで通路《つうろ》を進《すす》む。しぶい顔《かお》で健太《けんた》の横《よこ》に座《すわ》った。

「和馬《かずま》は、今回《こんかい》はパスするって。目立《めだ》ちたくないからってさ」

「残念《ざんねん》だなあ。でも、自主活動《じしゅかつどう》だしね」

和馬《かずま》が来《き》たときのために用意《ようい》していたのか、健太《けんた》が手《て》に持《も》っていた紙《かみ》をごそごそとしまいこむ。

手裏剣《しゅりけん》の折《お》り紙《がみ》に、白黒《しろくろ》の切《き》り紙《がみ》……って、これを使《つか》うつもりだったのか。

やっぱり、和馬《かずま》は来《こ》なくて正解《せいかい》だ。

「あーあ、和馬《かずま》にもいろいろしてもらおうと思《おも》ってたのに。ま、しょうがないから三人《にん》で計画立《けいかくた》てようよ。あたし、午前中《ごぜんちゅう》の授業《じゅぎょう》の間《あいだ》に、一生懸命考《いっしょうけんめいかんが》えておいたんだ」

それで、福永先生《ふくながせんせい》に「授業《じゅぎょう》に集中《しゅうちゅう》してないぞ！」って、さんざん注意《ちゅうい》されてたのか。

ふんふんと鼻歌《はなうた》を歌《うた》いながら、すみれがテーブルの真《ま》ん中《なか》にノートを広《ひろ》げる。罫線《けいせん》からはみ出《で》た豪快《ごうかい》な文字《もじ》は、なんとか読《よ》みとれた。

ええっと……『世界一《せかいいち》クラブでサプライズ宿泊体験《しゅくはくたいけん》☆の巻《まき》』……？

「うーん。ぼく、ときどき思《おも》うんだけど、前《まえ》に言《い》ってた〈ナゾのスーパー柔道《じゅうどう》ヒロイン〉とか、すみれのネーミングって、けっこうそのまんま――」

「け〜ん〜た〜？」

おれも、健太《けんた》の意見《いけん》には賛成《さんせい》だけど！

「そっ、そういえば、すみれはなんで、突然《とつぜん》サプライズをする気《き》になったんだ？」

光一《こういち》は、健太《けんた》をかばうようにあわてて前《まえ》に出《で》る。すみれは、一瞬疑《いっしゅんうたが》わしそうな目《め》で二人《ふたり》を見《み》たものの、気《き》を取《と》りなおすと、テーブルにどんと手《て》をついた。

「それはもちろん、クリスのためだってば」

「クリスのため？」

光一《こういち》の言葉《ことば》に、すみれは深々《ふかぶか》とうなずくと、真剣《しんけん》な表情《ひょうじょう》で、二人《ふたり》の顔《かお》をのぞきこんだ。

「初《はじ》めての宿泊体験《しゅくはくたいけん》って、一回《かい》しかないトクベツなものでしょ？　せっかくだから、すっごくステキな、いい思《おも》い出《で》にしてあげたいんだ」

そう言《い》いきると、すみれはくちびるをぎゅっと結《むす》ぶ。膝《ひざ》の上《うえ》で両手《りょうて》を組《く》み、静《しず》かに光一《こういち》の瞳《ひとみ》を見《み》つめた。

……てっきり、なんとなく楽《たの》しそうだからとか、そういう理由《りゆう》かと思《おも》ってたけど。

案外《あんがい》、本気《ほんき》なんだな。

「わかった」

まっすぐに向《む》けられるすみれの視線《しせん》にうなずきかえす。健太《けんた》も満面《まんめん》の笑《え》みでうなずくのを見《み》て、すみれは、ぱっと明《あか》るい顔《かお》になると、気持《きも》ちよく笑《わら》った。

「ありがと！　それじゃあ、さっそくサプライズの中身《なかみ》についてなんだけど、あたし、普通《ふつう》だと絶対《ぜったい》できないようなことがしたいの」

「普通《ふつう》だと絶対《ぜったい》できないようなこと？」

「だって、先生《せんせい》たちに言《い》われたことやってるだけだと、つまんないし」

……やっぱり、いやな予感《よかん》がする。

光一《こういち》は、途中《とちゅう》まで読《よ》んでいたノートに目《め》を落《お》とす。顔《かお》をしかめながら、書《か》かれている文字《もじ》をなんとか目《め》でなぞった。

ええっと、まず、『山頂《さんちょう》で大《だい》しかけ花火大会《はなびたいかい》』に……『夜《よる》に集合《しゅうごう》☆パジャマパーティー』……。休憩時間《きゅうけいじかん》にこっそり抜《ぬ》けだして、『和馬《かずま》から忍《しの》びの特別指導《とくべつしどう》』!?

「あっ、これすっごく楽《たの》しそうだねえ！　ぼく、和馬《かずま》くんから忍《しの》びの訓練《くんれん》を受《う》けてみたいと思《おも》ってたんだ！」

「でしょでしょ。和馬《かずま》がいればできたのになあ。あと、これもおすすめなんだけど。早朝《そうちょう》からみんなでバーベキュー大会《たいかい》！　みんなで、先生《せんせい》よりも早《はや》く起《お》きて、こっそりバーベキューするの」

バーベキューって、こっそりできるものか？

って、どれだけ胃《い》がもたれるものを、朝《あさ》からクリスに食《た》べさせる気《き》なんだ!?

「二人《ふたり》とも、落《お》ちつけって。これじゃあ、ただ自分《じぶん》がしたいものになってるだろ。喜《よろこ》ばれるサプライズをするなら、クリスの好《す》きなものを参考《さんこう》にしたほうがいいんじゃないのか」

「クリスちゃんの好《す》きなもの……」

「ううん……洋服《ようふく》とか？」

すみれが、両手《りょうて》をこめかみに当《あ》てながら、顔《かお》をしかめる。しんと、辺《あた》りに沈黙《ちんもく》が落《お》ちた。

……まさか、もう情報《じょうほう》がなくなったのか？

「他《ほか》にないのか？　この中《なか》では、すみれが一番《いちばん》クリスと仲《なか》がいいだろ？」

「うーん。クリスって、あんまり自分《じぶん》のこと話《はな》すタイプじゃないし。何回《なんかい》か家《いえ》にも遊《あそ》びに行《い》ったけど、まだ案外知《あんがいし》らないことも多《おお》くって……あっ、好《す》きな色《いろ》はピンク色《いろ》だって言《い》ってた！」

「それは、なんとなくわかる」

「じゃあ、とっておきの情報《じょうほう》！　好《この》みのタイプは、やさしい人《ひと》だって！」

「それって、サプライズに関係《かんけい》ないだろ!?」

いくらなんでも、この程度《ていど》の情報《じょうほう》でサプライズするのは無理《むり》があるんじゃないか。

「サプライズって、案外奥《あんがいおく》が深《ふか》いかも……」

すみれが、うんうんとうなりながら頭《あたま》を抱《かか》える。突然《とつぜん》、目《め》を見開《みひら》いて大《おお》きく手《て》を打《う》った。

「あっ！　じゃあ、ちょっとフツーだけどみんなで枕投《まくらな》げ大会《たいかい》は!?　絶対《ぜったい》、楽《たの》し――」

「枕投《まくらな》げえ!?」

健太《けんた》が、ひいっと肩《かた》をすくませて声《こえ》を上《あ》げる。光一《こういち》も、思《おも》わず口《くち》がひくついた。

「そそそ、それはやめておいたほうがいいんじゃない!?」

「すみれと枕投《まくらな》げなんて、おれたちの命《いのち》がいくらあっても足《た》りな――」

「二人《ふたり》とも。それ、どーいう意味《いみ》よ」

げっ。

このままじゃ、二人《ふたり》まとめて投《な》げられる!?

「とっても楽《たの》しそうだけど、みんなで集《あつ》まって、なにしてるの？」

「橋本先生《はしもとせんせい》！」

振《ふ》りむいたすみれが、ぱっと笑顔《えがお》になる。返却本《へんきゃくぼん》を持《も》った司書《ししょ》の橋本先生《はしもとせんせい》が、テーブルのそばでおだやかにほほえんでいた。

ボブカットにロングスカートがトレードマークの橋本先生《はしもとせんせい》は、子《こ》どもの話《はなし》もきちんと聞《き》いてくれる、信頼《しんらい》できる先生《せんせい》だ。すすめてくれる本《ほん》も、その人《ひと》に合《あ》ったものでいつもおもしろい。

やさしくされると、ときどき変《へん》に緊張《きんちょう》することがあるけど。

「あたしたち、今度《こんど》の宿泊体験《しゅくはくたいけん》で、友達《ともだち》にサプライズをしようと思《おも》って。作戦会議中《さくせんかいぎちゅう》なんです」

「へえ。それは、おもしろそうね」

「でも、なかなかいいアイディアが浮《う》かばなくって」

すみれが、じとっとしたうらめしそうな目《め》で光一《こういち》を見《み》つめる。

今《いま》、考《かんが》えはじめたばかりなんだから、しょうがないだろ。

光一《こういち》は、むっと腕《うで》を組《く》む。横《よこ》で、健太《けんた》がはいはいと元気《げんき》よく手《て》を挙《あ》げた。

「橋本先生《はしもとせんせい》は、サプライズでどんなことをされたらうれしいですか？　参考《さんこう》にさせてください」

「うーん、そうねえ」

健太《けんた》の質問《しつもん》に、橋本先生《はしもとせんせい》は、小《ちい》さく首《くび》をかしげながら考《かんが》えこむ。すぼめていた口角《こうかく》を上《あ》げて、にっこりと笑《わら》った。

「わたしだったら、いつもどおりがいいかもしれないわ」

「えっ、いつもどおりですか？」

「そう。変《へん》に気《き》をつかわないで、いっしょに楽《たの》しんでほしいかな。だって、仲《なか》のいい友達《ともだち》がいっしょに楽《たの》しんでくれれば、それだけでとってもうれしいから」

「うーん。そういうものなのかなあ……」

すみれが、眉間《みけん》にしわを寄《よ》せながら、むーっとうなる。橋本先生《はしもとせんせい》は、すみれのイスの背《せ》もたれにやさしく手《て》を置《お》いた。

「でも、それはあくまでわたしの場合《ばあい》だから。それに、五井《ごい》さんが一生懸命《いっしょうけんめい》考《かんが》えてくれたことなら、どんなことでもきっと楽《たの》しんでもらえると思《おも》うわ」

「……先生《せんせい》、ありがとう！　もうちょっと考《かんが》えてみます」

くもっていたすみれの表情《ひょうじょう》が、みるみる明《あか》るくなる。

こういうところが、橋本先生《はしもとせんせい》がみんなに好《す》かれる理由《りゆう》だよな。

「そういえば、話《はな》し合《あ》いも大事《だいじ》だけど、時間《じかん》はだいじょうぶ？」

橋本先生《はしもとせんせい》に言《い》われて、光一《こういち》は腕時計《うでどけい》に視線《しせん》を落《お》とす。

昼休《ひるやす》みが終《お》わるまで、あと十分《ぷん》しかないけど――このままじゃ、決《き》まらなそうだな。

「橋本先生《はしもとせんせい》もああ言《い》ってたし、無理《むり》してやる必要《ひつよう》はないんじゃないか？　おれも、クリスは普段《ふだん》どおりで十分喜《じゅうぶんよろこ》んでくれると思《おも》う」

「それに、何回《なんかい》も集《あつ》まってると、クリスちゃんにも見《み》つかりやすくなるしねえ」

「ううん……でも、クリスにトクベツな思《おも》い出《で》を作《つく》ってあげたかったのになあ……」

すみれが、うなりながらテーブルにつっぷす。ノートの上《うえ》に頭《あたま》を乗《の》せて、へろへろとため息《いき》をついた。

性格《せいかく》はぜんぜん違《ちが》うけど、すみれは、本当《ほんとう》にクリスを気《き》に入《い》ってるんだな。

……仕方《しかた》ない。

光一《こういち》は、黙《だま》ったまま腕《うで》を組《く》むと、静《しず》かにあごに手《て》を当《あ》てた。

クリスが喜《よろこ》びそうなサプライズか。

クリスの性格《せいかく》からすると、派手《はで》なことより、ちょっとしたことのほうが喜《よろこ》びそうだな。

それに、一人《ひとり》だけじゃなくて、みんなも楽《たの》しくなるようなこと。

自分一人《じぶんひとり》だけ楽《たの》しむようなことは、気《き》が引《ひ》けそうだし。

……そうだ。

「それなら、それぞれの得意分野《とくいぶんや》でサプライズをしたらいいんじゃないか？　一人《ひとり》でやる分《ぶん》、大《おお》きなしかけはできないけど、個性《こせい》も出《で》るからクリスも喜《よろこ》んでくれると思《おも》う」

「それ、いいかも！」

へたりこんでいたすみれが、ばっと体《からだ》を起《お》こす。図書館中《としょかんじゅう》に響《ひび》く声《こえ》で、高《たか》らかに言《い》った。

「さすが光一《こういち》！　それだったら、お互《たが》い何《なに》をやるかわからないから、みんな楽《たの》しめるしね」

「クリスちゃんだけじゃなくて、光一《こういち》もすみれも、和馬《かずま》くんもびっくりさせられるのかあ」

たしかに、あの和馬《かずま》がおどろくのは、おれもちょっと見《み》てみたい。

ぱっと出《だ》した作戦《さくせん》だったけど、思《おも》ったより悪《わる》くなかったかもしれないな。

健太《けんた》とすみれが、やる気満々《きまんまん》に立《た》ちあがる。張《は》りあうように、そろってガッツポーズをした。

「ぼく、すっごいサプライズを準備《じゅんび》してくるよ！」

「あたしも、健太《けんた》に負《ま》けないくらい、すっごいの考《かんが》えないと」

……すごいの？

二人《ふたり》の笑顔《えがお》を見《み》た瞬間《しゅんかん》、頭《あたま》の中《なか》に、過去《かこ》の思《おも》い出《で》がどっと押《お》しよせる。

すみれや健太《けんた》とはかなり長《なが》い付《つ》き合《あ》いだ。

その間《あいだ》にされてきた、とんでもないイタズラから考《かんが》えると——。

もしかして、おれはキケンな作戦《さくせん》を提供《ていきょう》したんじゃ⁉

気《き》がつくと、テーブルからノートが消《き》えている。すみれが、全力《ぜんりょく》で出入《でい》り口《ぐち》へと走《はし》りだしていた。

「じゃ、サプライズの作戦《さくせん》はそれで！　絶対《ぜったい》に、クリスにはナイショにしといてよね。光一《こういち》も健《けん》太《た》も、当日《とうじつ》まで楽《たの》しみにしてて！」

「いや、すみれ。ちょっと待《ま》っ——」

すみれを止《と》めようと、あわてて手《て》を伸《の》ばす。けれど、右手《みぎて》はぱったりとテーブルに落《お》ちた。

すぐに、まぶたが下《さ》がって目《め》が開《あ》けられなくなる。こうなると、もう寝《ね》るしかない。

三時間《じかん》の時間《じかん》切《ぎ》れにしたって、タイミングが悪《わる》すぎだ！

「この作戦《さくせん》で……本当《ほんとう》に、だいじょうぶ……なのか……」

光一《こういち》は、ずるずるとテーブルにうつぶせになる。ふうと息《いき》をはいたときには、すっかり深《ふか》い眠《ねむ》りに落《お》ちていた。

4 宿泊体験《しゅくはくたいけん》、スタート！

よく晴《は》れたせいで、朝日《あさひ》がいつもよりまぶしい。光一《こういち》は、肩《かた》に荷物《にもつ》を下《さ》げて学校《がっこう》へと走《はし》りながら、息《いき》を切《き》らした。

普通《ふつう》の毎日《まいにち》でもあっという間《ま》なのに、宿泊体験《しゅくはくたいけん》の準備《じゅんび》を進《すす》めていたら、一週間《しゅうかん》は光《ひかり》の速《はや》さで過《す》ぎた。今日《きょう》は、宿泊体験《しゅくはくたいけん》の初日《しょにち》。じりじりと日《ひ》に焼《や》けてしまいそうなくらいの晴天《せいてん》だ。

全力《ぜんりょく》で走《はし》っているせいで、黒《くろ》いナイロンのスポーツバッグが、大《おお》きく揺《ゆ》れる。とっくに、中身《なかみ》はぐちゃぐちゃだ。

早《はや》めに家《いえ》を出《で》ようと準備《じゅんび》していたのに、朝練《あされん》を終《お》えてやってきたすみれのせいで、大遅刻《だいちこく》だ。

光一《こういち》は、前《まえ》を走《はし》るすみれに向《む》かって、声《こえ》をはりあげた。

「だから、なんで食《く》い意地《いじ》をはって、ぎりぎりまでご飯《はん》をおかわりするんだ!?」

「だって久美《くみ》さんが、んむっ、卵焼《たまごや》き以外《いがい》のおかずも、むぐっ、食《た》べていいっていうから！」

すみれは、最後《さいご》に無理矢理《むりやり》つっこんだサラダをもぐもぐと噛《か》みくだく。音《おと》を立《た》てて飲《の》みこむと、さらにスピードを上《あ》げた。

それに、さっきから気《き》になってるんだけど。

後《うし》ろを走《はし》りながら、光一《こういち》は顔《かお》をしかめる。すみれが肩《かた》から下《さ》げたバッグを、じっと見《み》つめた。

使《つか》いこまれて少《すこ》し色《いろ》あせた、赤《あか》い――巨大《きょだい》なスポーツバッグ。

どう見《み》ても、二泊三日《はくみっか》の分量《ぶんりょう》じゃない。ぱんぱんに物《もの》が入《はい》っているのか、側面《そくめん》までしっかりとふくらんでいる。

いったい、そんなに何《なに》を持《も》ってきたんだ?

「……すみれ。その荷物《にもつ》は、クリスのサプライズのためだよな?」

「もちろん!　あれもこれもと思《おも》ってつめたら、すっごく大《おお》きくなっちゃって」

笑顔《えがお》のすみれが思《おも》いっきり腕《うで》を振《ふ》ると、バッグはひゅんひゅんと軽《かろ》やかに宙《ちゅう》を舞《ま》う。

ひどく軽《かる》いのか、すみれの力《ちから》が強《つよ》すぎるのか。中身《なかみ》は、さっぱりだ。

まあ……本当《ほんとう》にヤバそうだったら止《と》めればいいか。

止《と》められればだけど。

内心《ないしん》でため息《いき》をついていると、正門《せいもん》が見《み》えてくる。バスの入《い》り口《ぐち》に、校舎《こうしゃ》の時計《とけい》とにらめっこした福永先生《ふくながせんせい》が立《た》っていた。

「あっ、もうバス停《と》まってる！　福永先生《ふくながせんせい》～！」

「すみません。遅《おそ》くなりました……っ」

「五井《ごい》に徳川《とくがわ》！　間《ま》に合《あ》ってよかった。とにかく、荷物《にもつ》を積《つ》んで乗《の》りなさい」

どたどたと足音《あしおと》をさせながら、バスの入《い》り口《ぐち》を駆《か》けあがる。通路《つうろ》を奥《おく》へ進《すす》むと、一番後《いちばんうし》ろの席《せき》で健太《けんた》が元気《げんき》よく手《て》を振《ふ》っていた。

「二人《ふたり》とも、なかなか来《こ》ないから心配《しんぱい》したよ～」

クリスが移動《いどう》して空《あ》けた席《せき》に、光一《こういち》とすみれが落《お》ちつくと、すぐにバスが動《うご》きだす。

光一《こういち》は、健太《けんた》が持《も》ったリュックをちらっとのぞき見《み》る。見《み》たところ、さっきのすみれのバッグとは違《ちが》って、普通《ふつう》の大《おお》きさだ。

でも、健太《けんた》は何《なに》をするか一番読《いちばんよ》めないからな。

とんでもないサプライズをしようとしないか、気《き》を引《ひ》きしめないと。

外《そと》がまぶしいのか、すみれの奥《おく》に座《すわ》っていたクリスが、カーテンを閉《し》めた。

「二人《ふたり》が間《ま》に合《あ》って、よかった。すみれは、朝《あさ》の練習《れんしゅう》で遅《おそ》くなったとか……？」

「ううん。また久美《くみ》さんのご飯《はん》の誘惑《ゆうわく》に負《ま》けちゃって。たしかに、朝練《あされん》はお父《とう》さんに付《つ》き合《あ》ってもらって、いつもより多《おお》めにしてきたけどね。明日《あした》は練習《れんしゅう》できないし」

すみれは、自分《じぶん》の席《せき》でぐっと伸《の》びをすると、リュックからボトルを取《と》りだして口《くち》をつけた。

「和馬《かずま》みたいに家《いえ》で習《なら》ってると、こういうときはラクチンなんだ。うちは他《ほか》の生徒《せいと》さんにも教《おし》えてるけどね。そういえば、クリスのお父《とう》さんはどんな人《ひと》？」

「ええっと……わたしのお父《とう》さんは商社《しょうしゃ》で働《はたら》いてるの。出張《しゅっちょう》が多《おお》くて、あまり家《いえ》にいないけど」

「クリスのお父《とう》さんってことは、やっぱり、すっごくカッコいいんでしょ？」

「どうかしら。たしかに、背《せ》は高《たか》いけど……健太《けんた》、リュックを開《あ》けて、何《なに》か探《さが》しもの？」

「みんなでトランプでもやろうよ。ぼく、手品用《てじなよう》のやつ、持《も》ってきたんだ」

「やりたい！　あ、でも、光一《こういち》といっしょにやると、光一《こういち》がずーっと勝《か》っちゃうんだよね」

健太《けんた》が取《と》りだしたトランプを見《み》て、すみれが、げーっと顔《かお》をしかめる。クリスが、トランプと光一《こういち》の顔《かお》を見《み》くらべながら、首《くび》をかしげた。

「徳川《とくがわ》くんが強《つよ》いのは納得《なっとく》だけど……何《なに》かコツでもあるの？」

「コツもあるけど、場《ば》に出《で》たカードや手札《てふだ》を全部覚《ぜんぶおぼ》えるから、自然《しぜん》と相手《あいて》の手札《てふだ》が予想《よそう》できて負《ま》けにくいんだ。なんなら、おれは参加《さんか》しないで見《み》ておくだけでもいいけど」

「それだと、なんかつまんないじゃん。あたしも、運動《うんどう》できるからってクラスの試合《しあい》に入《い》れてもらえなかったら、いやだし。あ、でも光一対《こういちたい》三人《にん》にするくらいのハンデはほしいかも！」

悪《わる》だくみでもするみたいに、すみれが口《くち》を手《て》でおさえながら、むふふと笑《わら》う。

……トランプで一対《たい》三は、どうやってもほぼ負《ま》け確定《かくてい》じゃないか？

「すみれ、日野《ひの》さん。ちょっといい？」

ひとつ前《まえ》の座席《ざせき》からよく通《とお》る声《こえ》がして、光一《こういち》はすみれから目《め》を向《む》ける。

学級委員《がっきゅういいん》の柴田《しばた》あかりと、保健委員《ほけんいいん》の松本美香《まつもとみか》、二人《ふたり》の女子《じょし》がわずかに顔《かお》をのぞかせていた。

少《すこ》し背《せ》が高《たか》くて、ショートカットにきりっとした顔立《かおだ》ちの柴田《しばた》あかり。しっかりもので面倒見《めんどうみ》もいいから、学級委員《がっきゅういいん》だけど〈委員長《いいんちょう》〉と、あだなで呼《よ》ばれている。

もう一人《ひとり》の松本美香《まつもとみか》は、ふんわりした二つ結《むす》びの、小柄《こがら》な女子《じょし》だ。

二人《ふたり》は同《おな》じ塾《じゅく》に行《い》っているからか、教室《きょうしつ》でもいっしょにいることが多《おお》くて、仲《なか》がいい。

柴田《しばた》は、座席《ざせき》の上《うえ》からすみれとクリスを見下《みお》ろすと、軽《かる》く手《て》を振《ふ》った。

「わたしたち、同《おな》じ部屋《へや》に泊《と》まるでしょ。だから、今《いま》のうちに二段《だん》ベッドのどこを使《つか》うのか決《き》めておこうと思《おも》って。二人《ふたり》は、希望《きぼう》ってある？」

「あたしは、上《うえ》の段《だん》がいい！」

「えっと……わたしは、できれば下《した》だとうれしいけど……」

「ホント？　わたしと美香《みか》も、上《うえ》と下《した》で分《わ》かれてたんだ。じゃあ、決《き》まりね」

「あっ、そうだ！　よかったら委員長《いいんちょう》と美香《みか》も、いっしょにトランプしようよ。人数《にんずう》が多《おお》いと、盛《も》りあがるし。光一《こういち》が勝《か》つ確率《かくりつ》も下《さ》がるし」

「いいの？　……じゃあ、せっかくだから」

二人《ふたり》は顔《かお》を見《み》あわせると、そっと座席《ざせき》から出《で》てくる。松本《まつもと》はクリスの隣《となり》に、柴田《しばた》は補助席《ほじょせき》を出《だ》して座《すわ》った。

「じゃあ、配《くば》るね！　よいしょっと！」

健太《けんた》が、目《め》にも留《と》まらぬ速《はや》さでトランプを混《ま》ぜあわせたかと思《おも》うと、いつの間《ま》にか全員《ぜんいん》の手元《てもと》にぱっとカードが配《くば》られる。あまりの手際《てぎわ》のよさに、柴田《しばた》と松本《まつもと》はぱちぱちと瞬《まばた》きをした。

こういう時《とき》の健太《けんた》の手《て》さばきは、一級品《いっきゅうひん》だよな。このまま手品《てじな》でも始《はじ》めそうな勢《いきお》いだ。

「宿泊体験《しゅくはくたいけん》、楽《たの》しみだよねえ。委員長《いいんちょう》と松本《まつもと》さんは、何《なに》が一番楽《いちばんたの》しみ？」

「わたしは、最初《さいしょ》のミステリーアドベンチャー。休《やす》みの日《ひ》に、お父《とう》さんとときどき登山《とざん》に行《い》ってるから、そういうの好《す》きなんだ」

「わたしは、二日目《ふつかめ》の陶芸体験《とうげいたいけん》かな。自分用《じぶんよう》のかわいい湯飲《ゆの》みを作《つく》るつもりなの。健太《けんた》くんは？」

「ぼくはもちろん、今日《きょう》の夜《よる》にある、きもだめしだよ！」

健太《けんた》が、うっとりと手《て》を組《く》んでバスの天井《てんじょう》を見上《みあ》げる。手札《てふだ》を広《ひろ》げていた柴田《しばた》が、眉《まゆ》をくもらせながら、ぽつりと言《い》った。

「……もしかして、健太《けんた》もあのウワサを知《し》ってるの？」

「もちろん！　ここのきもだめしは、トクベツっていうウワサでしょ？」

「いったい、どう特別《とくべつ》なんだ？」

「光一《こういち》も気《き》になる!?　ふっふっふー、それはね」

健太《けんた》が、にんまりと笑《わら》いながら、得意《とくい》げに胸《むね》を張《は》る。手《て》に持《も》っていたトランプを裏返《うらがえ》して、ハートのマークを見《み》せた。

「きもだめしは、二人一組《ふたりひとくみ》のペアで回《まわ》ることになってるでしょ？　そこで、ペアになった人《ひと》に告白《こくはく》すると、99％の確率《かくりつ》で両想《りょうおも》いになれるんだって！」

99％の確率《かくりつ》で、両想《りょうおも》い？

すみれが、光一《こういち》のカードを取《と》りながら、あんぐりと口《くち》を開《あ》けた。

「へー、すごい！　あたし初《はじ》めて聞《き》いた」

「去年《きょねん》も、きもだめしで告白《こくはく》をして付《つ》き合《あ》い始《はじ》めた人《ひと》たちが、何組《なんくみ》かいたんだって。すごい効果《こうか》でしょ！　ね、光一《こういち》」

「まあ、それが本当《ほんとう》ならすごいと思《おも》うけど」

そんなに喜《よろこ》ぶようなことか？　それに、そのウワサって——。

「きもだめしで告白《こくはく》が成功《せいこう》しやすいのは、〈つりばし効果《こうか》〉なんじゃないか？」

光一《こういち》は、健太《けんた》が裏返《うらがえ》したハートのカードを引《ひ》きぬく。ペアになった手札《てふだ》を、まとめて捨《す》てた。

「〈つりばし効果《こうか》〉は、カナダの社会心理学者《しゃかいしんりがくしゃ》がやった実験《じっけん》からいわれている効果《こうか》だ。つりばしみたいなキケンな場所《ばしょ》に行《い》くと、心拍数《しんぱくすう》や血圧《けつあつ》が上《あ》がるだろ。その体《からだ》の変化《へんか》を、相手《あいて》への好意《こうい》と間違《まちが》えてしまう心理現象《しんりげんしょう》なんだ。まあ、心理実験《しんりじっけん》は厳密《げんみつ》な条件《じょうけん》が必要《ひつよう》とされるし、この説《せつ》は丁寧《ていねい》な検証《けんしょう》がされていないから、実際《じっさい》にはその効果《こうか》は疑問視《ぎもんし》されてるけど——」

「こここっ、光一《こういち》ぃ……」

微妙《びみょう》な呼《よ》びかけに気《き》づいて、顔《かお》を上《あ》げる。健太《けんた》が、口《くち》に手《て》を当《あ》てたまま、かたまっていた。

クリスも、柴田《しばた》も松本《まつもと》も、困《こま》ったように苦笑《にがわら》いを浮《う》かべている。

……なんだか、しなくてもいい説明《せつめい》をした気《き》がする。

すみれが、目《め》を細《ほそ》めて光一《こういち》を見《み》つめながら、残念《ざんねん》そうに首《くび》をすくめた。

「はーっ。光一《こういち》って、天才少年《てんさいしょうねん》のわりに、ぜんぜんわかってないよね」

「はあ!?」

デリカシーがない代表《だいひょう》みたいなすみれに言《い》われるのは、いくらなんでも心外《しんがい》だ。

たしかにさっきのは……少《すこ》し余計《よけい》な説明《せつめい》だったけど。

「すみれにだけは言《い》われたくない。それに、別《べつ》におれだって……そういう気持《きも》ち自体《じたい》を否定《ひてい》してるわけじゃないし」

「それなら光一《こういち》も、もう少《すこ》し夢《ゆめ》を見《み》ようよ～！」

健太《けんた》が、がばっと光一《こういち》にすがりつく。その動《うご》きは、いつになくすばやい。

「だって、宿泊体験《しゅくはくたいけん》で、告白《こくはく》だよ!?　ぼくは、すっごく楽《たの》しみにしてるんだ！」

「楽《たの》しみにしてるって、健太《けんた》はだれかに告白《こくはく》するつもりなのか？」

「ううん。そうじゃないよ。でも、ほら！」

腰《こし》を浮《う》かせた健太《けんた》が、思《おも》いっきり見得《みえ》を切《き》る。持《も》っていたトランプが、バラバラと床《ゆか》に落《お》ちた。

「ぼくも、だれかに告白《こくはく》されるかもしれないし！」

……シーン
「あれ？　どうかした？」

「それはさすがになくない？」

すみれが、カードのかげでにやっと笑《わら》う。健太《けんた》が、半泣《はんな》きになりながら身《み》を乗《の》りだした。

「ででで、でも、もしかしたら、ぼくのことを密《ひそ》かに好《す》きな子《こ》がいるかもしれないし～！」

気《き》がつくと、近《ちか》くの席《せき》に座《すわ》っていたクラスメイトも、健太《けんた》に注目《ちゅうもく》しておかしそうに笑《わら》っている。

……これじゃあ、トランプどころじゃなさそうだな。

「あっ。あのね、徳川《とくがわ》くん」

場《ば》のカードをまとめようと手《て》を伸《の》ばした瞬間《しゅんかん》、松本《まつもと》がクリスの横《よこ》で腰《こし》を浮《う》かせる。辺《あた》りを見《み》まわしてから、小《ちい》さな声《こえ》で光一《こういち》にささやいた。

「その、わたしね。きもだめしのことで……」

「美香《みか》！」

名前《なまえ》を呼《よ》ばれて、松本《まつもと》が口《くち》をつぐむ。話《はなし》をさえぎるように、柴田《しばた》が松本《まつもと》の肩《かた》に手《て》を置《お》いていた。

……何《なん》だ？

「……ごめんね、徳川《とくがわ》くん！　なんでもないの」

光一《こういち》が少《すこ》しだけ眉《まゆ》をくもらせたせいか、松本《まつもと》があわてて首《くび》を振《ふ》る。柴田《しばた》とうなずきあうと、いっしょに席《せき》を立《た》った。

「トランプに誘《さそ》ってくれて、ありがとう」

「じゃあ、美香《みか》とわたしは席《せき》に戻《もど》るね。宿泊体験《しゅくはくたいけん》、がんばろう」

二人《ふたり》の姿《すがた》が、前《まえ》の席《せき》にかくれてすぐに見《み》えなくなる。光一《こういち》は、まとめたトランプを箱《はこ》にしまいながら、黙《だま》りこんだ。

何《なに》か、おれに話《はな》したいことでもあったのか？

でも、特《とく》に思《おも》いうかばない。委員長《いいんちょう》も関係《かんけい》する話《はなし》みたいだったけど。

……本人《ほんにん》たちが話《はな》さないなら、気《き》にしてもしょうがないか。

光一《こういち》は、ちらっと時計《とけい》を見《み》る。今日《きょう》は、宿泊施設《しゅくはくしせつ》までは、まだまだかかりそうだ。

今《いま》のうちに仮眠《かみん》しとこう。なかなか寝《ね》るタイミングがなさそうだし――。

座席《ざせき》に座《すわ》りなおした瞬間《しゅんかん》、ずいっと目《め》の前《まえ》にマイクがつきだされる。いつの間《ま》にか、すみれと健太《けんた》が、にこにこした顔《かお》で立《た》っていた。

「今《いま》、ぼくとすみれで、福永先生《ふくながせんせい》から借《か》りてきたんだ。三人《にん》でいっしょに歌《うた》おうよ！」

「はあ!?　おれは、今《いま》から寝《ね》るから――」

「それは、もうちょっと後《あと》でもいいじゃん！　クリスも光一《こういち》の歌《うた》、聞《き》いてみたいよね!?」

「えっ!?　えっ……ええっと……」

クリスに聞《き》くのは、ズルいだろ!?

クリスが顔《かお》を赤《あか》くしながら、小《ちい》さくうなずく。光一《こういち》は、すみれと健太《けんた》の間《あいだ》でため息《いき》をついた。

5 ヒミツにするのはむずかしい

……結局《けっきょく》、ぜんぜん眠《ねむ》れなかった。

光一《こういち》はリュックを手《て》に、大型《おおがた》のバスの階段《かいだん》を一歩《ぽ》ずつ下《お》りる。最後《さいご》の一段《だん》を跳《と》んでアスファルトの地面《じめん》に降《お》りたつと、つい大《おお》きくあくびが出《で》た。

辺《あた》りはすっかり山《やま》の中《なか》で、空気《くうき》がひやりと冷《つめ》たい。宿泊施設《しゅくはくしせつ》の駐車場《ちゅうしゃじょう》では、担任《たんにん》の福永先生《ふくながせんせい》がバスから降《お》ろした荷物《にもつ》を子《こ》どもたちが囲《かこ》んでいる。

後《うし》ろから静《しず》かにバスを降《お》りたクリスが、心配《しんぱい》そうに眉《まゆ》を寄《よ》せた。

「眠《ねむ》そうだけど……だいじょうぶ？　宿泊体験《しゅくはくたいけん》の間《あいだ》は、仮眠《かみん》するのが大変《たいへん》なんじゃない？」

「いちおう、時間《じかん》を見《み》つけては、安全《あんぜん》なところで仮眠《かみん》をとるつもりだけど」

「やっぱり、バスで眠《ねむ》れなかったのは……わたしのせい……よね」

「クリスは、悪《わる》くないって。すみれと健太《けんた》が、調子《ちょうし》に乗《の》っただけで」

なんとか、校歌《こうか》を一回合唱《かいがっしょう》しただけで、逃《に》げることができたし。

こういう課外活動《かがいかつどう》だと、仮眠《かみん》をするタイミングが難《むずか》しい。おれも、本当《ほんとう》はバスの中《なか》でぎりぎりまで眠《ねむ》っておくつもりだった。

でも、すみれと健太《けんた》がいつサプライズをしかけるのか気《き》が気《き》じゃなくて、落《お》ちついて眠《ねむ》れなかったんだよな。

あの後《あと》、健太《けんた》はものまねをしたまま歌《うた》いつづけ、すみれは変《へん》な言葉《ことば》を使《つか》いまくるしりとりに巻《ま》きこんできた。けど、幸《さいわ》いバスの中《なか》では、まだ先生《せんせい》に怒《おこ》られるようなことはしでかしてない。

でも——あの二人《ふたり》の考《かんが》える企画《きかく》は油断《ゆだん》できない。

光一《こういち》は顔《かお》をしかめながら、ちらりと隣《となり》のバスに目《め》を向《む》ける。ちょうど、長身《ちょうしん》の人影《ひとかげ》が音《おと》もなく地面《じめん》に降《お》りたつのが見《み》えた。

黒《くろ》っぽい服《ふく》に、切《き》れ長《なが》の鋭《するど》い瞳《ひとみ》——和馬《かずま》と一瞬《いっしゅん》、目《め》が合《あ》う。

……二人《ふたり》がとんでもないサプライズをしかけたときのために、協力《きょうりょく》を頼《たの》んでみるか？

けれど、声《こえ》をかけようとする前《まえ》に、和馬《かずま》はさっときびすを返《かえ》す。同《おな》じ班《はん》なのか、近《ちか》くにいた男子《だんし》と言葉少《ことばずく》なに話《はな》しながら、歩《ある》きさっていった。

とりつく島《しま》もなし、か。

「光一《こういち》、何《なに》やってるの？　そろそろ広場《ひろば》に移動《いどう》するよ。ほら、荷物《にもつ》」

すみれが、二人分《ふたりぶん》の荷物《にもつ》を下《さ》げて走《はし》ってくる。健太《けんた》は、バスから降《お》ろしたのか、もう一つリュックを背負《せお》っている。ポケットのでこぼこした大《おお》きなリュックが、背中《せなか》からはみ出《で》ていた。

「はあ、いよいよだね！　ぼくは、準備《じゅんび》は万全《ばんぜん》だよ！」

近《ちか》くを通《とお》りかかったクラスメイトが、ぎょっとした顔《かお》で健太《けんた》とすれちがっていく。クリスも、その大《おお》きなリュックを見下《みお》ろして、ぱちぱちと瞬《まばた》きした。

「なんだか、少《すこ》し大《おお》きくない？　それに、すごくでこぼこしてるけど……」

「えへへ、土日《どにち》の間《あいだ》に、気合《きあい》を入《い》れて準備《じゅんび》したんだ！　だって、せっかくのサプラ、むぐぐっ」

「健太《けんた》〜っ！」

すみれが、光《ひかり》の速《はや》さで健太《けんた》の口《くち》を無理矢理《むりやり》ふさぐ。その拍子《ひょうし》に、すみれが下《さ》げたあの大《おお》きなスポーツバッグが、ぐらっと揺《ゆ》れた。

「すみれのバッグもすごく大《おお》きいけど……いったい、何《なに》が入《はい》ってるの？」

「それはもちろん！　バッグいっぱいの、まい——」

「……まい？」

まい……なんだ？

クリスが聞《き》きかえすと、すみれがしまったとばかりに動《うご》きを止《と》める。露骨《ろこつ》に口《くち》を引《ひ》きつらせた。

「あっえーっと、まい、まい……マイスターソースとか！」

「もしかして、オイスターソースのこと……？」

「そうそう。中華料理《ちゅうかりょうり》によく入《はい》ってるよね！　じゃなくてっ、えっと、じゃあマイ枕《まくら》とか！」

「すみれは、マイ枕《まくら》じゃないと眠《ねむ》れないタイプ……なの？」

「ううん。どっちかっていうと、疲《つか》れてると床《ゆか》でも寝《ね》ちゃうけど……って、あ、あれっ？」

……それじゃ、余計《よけい》にあやしまれるぞ。

すみれの丸《まる》い瞳《ひとみ》が、あちらこちらに泳《およ》ぐ。光一《こういち》は、首《くび》の後《うし》ろに手《て》を当《あ》てると、一歩前《ぽまえ》に出《で》た。

「そろそろ施設《しせつ》に移動《いどう》したほうがいいんじゃないか。遅《おく》れると後《あと》の活動《かつどう》に響《ひび》くし」

「そ、そうだよね！　ほら行《い》こう！」

すみれは、健太《けんた》を取《と》りおさえたまま、宿泊施設《しゅくはくしせつ》へと速足《はやあし》で歩《ある》きだす。その後《うし》ろに並《なら》びながら、クリスはそっとほおに手《て》を当《あ》てた。

「すみれ、どうしたのかしら。健太《けんた》も、少《すこ》し様子《ようす》が変《へん》だし……」

「あー……あんまり気《き》にしなくていいんじゃないか」

このままだと、サプライズがバレるのは時間《じかん》の問題《もんだい》かもな。

光一《こういち》は、ため息《いき》をつきながら宿泊施設《しゅくはくしせつ》に足《あし》を向《む》ける。先《さき》を歩《ある》いていたすみれがあわてて急《きゅう》ブレーキをかけて、突然《とつぜん》立《た》ちどまった。

あぶなっ！

「すみれ、急《きゅう》に止《と》まるなよ。荷物《にもつ》が大《おお》きいんだから、ぶつかるだろ」

「ごめんごめん。でもさ……宿泊施設《しゅくはくしせつ》って、あれだよね？」

「当《あ》たり前《まえ》だろ。こんな山《やま》の中《なか》に、他《ほか》に施設《しせつ》なんて――」

光一《こういち》は、すみれがしぶい顔《かお》で指《ゆび》さした道路《どうろ》の向《む》こうに、顔《かお》を向《む》ける。くすんだ外壁《がいへき》が目《め》に入《はい》って、思《おも》わず言葉《ことば》がとぎれた。

三階《がいだ》建ての施設《しせつ》は、みんなが泊《と》まる宿泊棟《しゅくはくとう》、食堂《しょくどう》がある生活棟《せいかつとう》、職員用《しょくいんよう》の部屋《へや》がある管理棟《かんりとう》などが連《つら》なって、けっこうな大《おお》きさがある。

けれど、元《もと》は真《ま》っ白《しろ》だったはずのモルタルの外壁《がいへき》は、すっかりくすんで、ところどころに小《ちい》さなヒビが入《はい》っている。施設《しせつ》の手前《てまえ》にある看板《かんばん》も色《いろ》あせて、なんとか文字《もじ》が読《よ》める程度《ていど》だ。

横《よこ》でリュックを抱《だ》いた健太《けんた》が、ぱかっと大口《おおぐち》を開《あ》けた。

「えええ、ええっと、なんだか……おばけ屋敷《やしき》みたいな」

「けっこう、ボロくない？」

……すみれはちょっと言《い》いすぎだけど。

光一《こういち》は、落《お》としかけたスポーツバッグを肩《かた》にかけなおすと、もう一度《いちど》、宿泊施設《しゅくはくしせつ》を見上《みあ》げる。

昼間《ひるま》だからいいけど、夜中《よなか》に一人《ひとり》で見《み》たら、不気味《ぶきみ》かもしれないな。

「はーい、みんなこっちに集《あつ》まってください！」

ぼうっとしていた耳《みみ》に、よく通《とお》る声《こえ》が響《ひび》く。施設《しせつ》の手前《てまえ》の広場《ひろば》に、女《おんな》の人《ひと》が立《た》っている。グレーのポロシャツに入《はい》ったロゴは、宿泊施設《しゅくはくしせつ》のものだ。

光一《こういち》たちが足早《あしばや》に駆《か》けよると、女《おんな》の人《ひと》はボブヘアを揺《ゆ》らしながら、にこっと笑《わら》いかえした。

「わたしは、今回《こんかい》三ツ谷小《みつやしょう》の六年《ねん》一組《くみ》を担当《たんとう》する、小倉《おぐら》です。みんな、バスの移動《いどう》で疲《つか》れたでしよ。荷物《にもつ》を置《お》いたら、少《すこ》しだけ休憩時間《きゅうけいじかん》があるから」

「感《かん》じがいい人《ひと》だね。ちょっと橋本先生《はしもとせんせい》と雰囲気《ふんいき》が似《に》てるかも？」

すみれが、光一《こういち》にこそっとささやきかける。

そうか？　たしかに、髪型《かみがた》は少《すこ》し似《に》てるけど。そういえば、「小倉《おぐら》」って、たしか――。

「小倉《おぐら》さんって、もしかしてここの施設長《しせつちょう》さんの家族《かぞく》ですか？」

「そう。わたしのお父《とう》さんが施設長《しせつちょう》で、わたしも山《やま》が好《す》きだから、ここで働《はたら》いてるの。それにしても、よく気《き》づいたわね」

「事前《じぜん》にウェブサイトを確認《かくにん》してきたので」

「ここには、何人《なんにん》か職員《しょくいん》が常駐《じょうちゅう》してるの。今回《こんかい》、三《みっ》ツ谷小《やしょう》を担当《たんとう》するのは、わたしと、あそこにいる三人《にん》の職員《しょくいん》になります。よろしくね」

小倉《おぐら》さんが、広場《ひろば》の奥《おく》に並《なら》んでいる、同《おな》じポロシャツ姿《すがた》の男《おとこ》の人《ひと》たちを手《て》で指《さ》ししめす。

少《すこ》し小柄《こがら》な北方《きたかた》さん、長《なが》い前髪《まえがみ》の飯田《いいだ》さん――。

一番手前《いちばんてまえ》に立《た》っていた、大《おお》きな体《からだ》に短髪《たんぱつ》の大野《おおの》さんが、マイクを持《も》って前《まえ》に出《で》る。荷物《にもつ》を手《て》に移動《いどう》してきた児童《じどう》は、指示《しじ》に従《したが》ってすぐに整列《せいれつ》した。

職員《しょくいん》の列《れつ》の奥《おく》から、白《しろ》いポロシャツの施設長《しせつちょう》さんが歩《ある》いてくる。施設長《しせつちょう》さんは、白髪《しらが》の交《ま》じった頭《あたま》を撫《な》でつけてお辞儀《じぎ》をすると、おだやかにマイクを取《と》った。

そういえば、施設長《しせつちょう》のあいさつの後《あと》は、福永先生《ふくながせんせい》に頼《たの》まれてた児童代表《じどうだいひょう》あいさつだっけ。本当《ほんとう》はおれ一人《ひとり》の予定《よてい》だったけど、健太《けんた》がやりたいって言《い》うから、二人《ふたり》に変更《へんこう》したんだよな。

光一《こういち》は後《うし》ろに並《なら》んだ健太《けんた》に近《ちか》づく。そっと小《ちい》さな声《こえ》で耳打《みみう》ちした。

「健太《けんた》、先週渡《せんしゅうわた》したあいさつの内容《ないよう》は、ちゃんと覚《おぼ》えてきたか？」

「もちろん！　家《いえ》でばっちり練習《れんしゅう》してきたよ。いっしょにがんばろうね！」

「えっ……そうだな」

こぶしをにぎってやる気十分《きじゅうぶん》の健太《けんた》に、思《おも》わず面食《めんく》らう。

もしかして、目立《めだ》てると思《おも》ってはりきってるのか？　それだけにしては、妙《みょう》に真剣《しんけん》な顔《かお》で、福《ふく》永先生《ながせんせい》に頼《たの》みこんでたけど。最近《さいきん》は、変《へん》に授業《じゅぎょう》もやる気《き》があるし……。

「──次《つぎ》は、児童代表《じどうだいひょう》あいさつ。会長《かいちょう》の徳川光一《とくがわこういち》くん、副会長《ふくかいちょう》の八木健太《やぎけんた》くんお願《ねが》いします」

「はーい！」

スピーカーから、大野《おおの》さんの淡々《たんたん》とした声《こえ》が響《ひび》くと、健太《けんた》が元気《げんき》よく立《た》ちあがった。

「そうそう。光一《こういち》にもらった台本《だいほん》、ちょっとおもしろくアレンジしておいたんだ！」

「アレ……ンジ!?」

内容《ないよう》を聞《き》きだす間《ま》もなく、健太《けんた》が列《れつ》から飛《と》びだしていく。

後《あと》を追《お》ってみんなの前《まえ》に立《た》つと、小倉《おぐら》さんにマイクを渡《わた》される。横《よこ》に並《なら》んだ健太《けんた》が、満面《まんめん》の笑《え》みを浮《う》かべているのが見《み》えて、思《おも》わず開《ひら》いた口《くち》が引《ひ》きつった。

「みっ、三ツ谷小《みつやしょう》の児童会長《じどうかいちょう》、徳川光一《とくがわこういち》です。ぼくたちはこの宿泊体験《しゅくはくたいけん》を楽《たの》しみにして──」

台本通《だいほんどお》りに、抑揚《よくよう》をつけてあいさつする。でも、心《こころ》の中《なか》は不安《ふあん》でいっぱいだ。

本当《ほんとう》に、健太《けんた》にこのマイクを渡《わた》していいのか!?

「──充実《じゅうじつ》した宿泊体験《しゅくはくたいけん》にしたいと思《おも》います」

迷《まよ》っている間《あいだ》に、最後《さいご》の言葉《ことば》を言《い》いおえる。光一《こういち》は、健太《けんた》にマイクをおそるおそる差《さ》しだした。

どうか、普通《ふつう》にあいさつしてくれますように。

健太《けんた》は、不安《ふあん》そうな光一《こういち》から勢《いきお》いよくマイクを受《う》けとると、思《おも》いっきり胸《むね》を張《は》った。

「学校《がっこう》のみんなも、先生《せんせい》も、宿泊施設《しゅくはくしせつ》のみなさんもこんにちは。副会長《ふくかいちょう》の八木健太《やぎけんた》です！」

健太《けんた》の大《おお》きな声《こえ》が、スピーカーにきんっと響《ひび》く。健太《けんた》の名前《なまえ》が、やまびこのように広場中《ひろばじゅう》にわんわんと響《ひび》いた。

「「**八木健太《やぎけんた》です**」」

「「「**八木健太《やぎけんた》です**」」」

「健太《けんた》、声《こえ》がでかい！」

「あっ！　ごめんごめん、ちょっと気合《きあい》を入《い》れすぎちゃった。コホン。それじゃあ、さっそく」

健太《けんた》は、咳《せき》ばらいをすると、ポケットから二枚《まい》のハンカチを取《と》りだす。手《て》のひらでぎゅっとにぎりこむと、あっという間《ま》に蝶《ちょう》ネクタイの形《かたち》になった。

二つの蝶《ちょう》ネクタイを、一つは自分《じぶん》に、もう一つは光一《こういち》のシャツのえりに、器用《きよう》に引《ひ》っかける。

「これ、おれがつけるのか!?」

「まあまあ。これで、準備《じゅんび》よしっと」

健太《けんた》は、満足《まんぞく》そうにうなずくと、さらにもう一枚《まい》ハンカチを取《と》りだす。その端《はし》をつまむと、ひらひらと空中《くうちゅう》に持《も》ちあげた。

——もしかして。

「健太《けんた》。いつもみたいに手品《てじな》をして見《み》せる気《き》か!?」

「ほら、せっかくお世話《せわ》になるんだし、施設《しせつ》の人《ひと》にも楽《たの》しんでもらえることをやりたくって。何《なに》かダメだった？」

「ダメに決《き》まってるだろ。これは施設《しせつ》にお世話《せわ》になるあいさつだ！」

「そんなあ～！　せっかく、プロマジシャンも真《ま》っ青《さお》な手品《てじな》フルコースを準備《じゅんび》してきたのに!?」

「あいさつでフルコースをやってどうするんだ!?」

光一《こういち》がつっこむと、並《なら》んでいた子《こ》どもたちが、くすくすと笑《わら》いだす。

って、またコントみたいになってる!?

健太《けんた》が、光一《こういち》の手《て》をつかんで、ぐいっと持《も》ちあげ

る。二人《ふたり》で、ぶんぶんと手《て》を振《ふ》った。

「それじゃあ、その代《か》わりに！　みんな、困《こま》ったことがあったら、ぼくと光一《こういち》にいつでも相談《そうだん》してくださ〜い！　老若男女《ろうにゃくなんにょ》から動物《どうぶつ》まで、だれでも問《と》いません！」

「動物《どうぶつ》から相談《そうだん》されても、困《こま》るだろ!?」

「さすが光一《こういち》。ナイスツッコミ！」

って、もしかしてこのハンカチの蝶《ちょう》ネクタイは、コント用《よう》か!?

整列《せいれつ》した児童《じどう》も、横《よこ》に並《なら》んでいた職員《しょくいん》の人《ひと》たちも、みんな口《くち》を手《て》で押《お》さえてふきだす寸前《すんぜん》だ。

健太《けんた》は、その様子《ようす》を見《み》て満足《まんぞく》そうにうなずいた。

「二泊三日《はくみっか》、どうぞよろしくお願《ねが》いします！　えへへ、これであいさつはばっちり――」

「八《や》あ〜木《ぎ》い〜！」

列《れつ》の横《よこ》に立《た》っていた福永先生《ふくながせんせい》が、顔《かお》を真《ま》っ赤《か》にしながら声《こえ》を上《あ》げる。健太《けんた》が、ひっと顔《かお》を引《ひ》きつらせた。

大人《おとな》しく、叱《しか》られたほうがいいと思《おも》うぞ。

光一《こういち》は、つけられた蝶《ちょう》ネクタイを返《かえ》しながら、健太《けんた》の肩《かた》にぽんと手《て》を置《お》いた。

6 健太《けんた》のあま～い計画《けいかく》

「あーあ、また福永先生《ふくながせんせい》に怒《おこ》られちゃった……」

散策《さんさく》コースの入《い》り口《ぐち》で、健太《けんた》がはあっとため息《いき》をつく。靴《くつ》ひもを結《むす》びなおしていた光一《こういち》は、首《くび》をかしげながら、その場《ば》に立《た》ちあがった。

宿泊施設《しゅくはくしせつ》に荷物《にもつ》を置《お》いて、昼食《ちゅうしょく》をとりおわり、今《いま》からはクイズを解《と》きながら山《やま》の散策《さんさく》コースを回《まわ》る、ミステリーアドベンチャーの時間《じかん》。

福永先生《ふくながせんせい》からプリントを受《う》けとった四人《にん》は、スタート地点《ちてん》の散策《さんさく》コースの入《い》り口《ぐち》で待機中《たいきちゅう》だ。

入団式《にゅうだんしき》の後《あと》、福永先生《ふくながせんせい》に厳重注意《げんじゅうちゅうい》をされた健太《けんた》は、昼食《ちゅうしょく》の間《あいだ》じゅう、しょんぼりとしていた。

めずらしいな。いつもだったら、福永先生《ふくながせんせい》に怒《おこ》られたのも、ちょっとオイシイくらいに思《おも》ってる気《き》がするけど。

「ぼくも、たまにはカッコいいところを見《み》せようと思《おも》ったのに……」

「あれじゃあ、どっちにしろカッコよくはないんじゃない？」

「そうかも……」

「えええ、クリスちゃんまで……」

すみれとクリスの追《お》いうちに、健太《けんた》がオーバーなリアクションで頭《あたま》を抱《かか》える。

ちょうど、プリントを配《くば》りおえた福永先生《ふくながせんせい》が、みんなに向《む》かって声《こえ》を張《は》りあげた。

「それじゃあ、始《はじ》めるぞ。準備《じゅんび》ができた班《はん》から、出発《しゅっぱつ》してくれ」

「はーい！」

あちこちから、歓声《かんせい》に交《ま》じって元気《げんき》な声《こえ》が上《あ》がる。光一《こういち》は、配《くば》られたプリントに目《め》を落《お》とした。

一枚目《まいめ》は、少《すこ》し大《おお》きめの散策《さんさく》コースの地図《ちず》。コースの途中《とちゅう》にある六個《こ》のチェックポイントに、赤《あか》い印《しるし》がついている。二枚目《まいめ》はクロスワードの問題用紙《もんだいようし》、三枚目《まいめ》はヒントだ。

すみれが、横《よこ》からひょっこりと地図《ちず》をのぞきこんだ。

「ええっと、このチェックポイントを回《まわ》って、そこに植《う》えてある植物《しょくぶつ》の名前《なまえ》を、ヒントを参考《さんこう》にクロスワードを埋《う》めて……」

「答《こた》えを記入《きにゅう》したプリントを持《も》って、スタート地点《ちてん》に戻《もど》ってくれば……ゴールになるみたい」

「けっこう凝《こ》ってるな」

光一《こういち》は、手早《てばや》くヒントの紙《かみ》を広《ひろ》げてみせる。目当《めあ》ての植物《しょくぶつ》が見《み》つけられるよう貼《は》られた木《こ》の葉《は》の写真《しゃしん》を見《み》つめた。

ん？　この葉《は》って――。

「一問目《もんめ》の答《こた》えは、クヌギじゃないか。葉《は》は長《なが》い楕円形《だえんけい》で鋭《するど》い鋸歯《のこぎりば》があるし、実《み》はドングリとも呼《よ》ばれるってヒントにも書《か》いてある。二問目《もんめ》の植物《しょくぶつ》は、葉《は》がもう少《すこ》し丸《まる》くて柔《やわ》らかいから――」

「光一《こういち》、ストップ～！」

大声《おおごえ》とともに、健太《けんた》がばっと目《め》の前《まえ》に飛《と》びだしてくる。でこぼこしたリュックから、さっと大《おお》粒《つぶ》のアメを取《と》りだすと、そのうちの一つを光一《こういち》の口《くち》にひょいと入《い》れこんだ。

「ん!?」

なんで、突然《とつぜん》アメなんだ!?

光一《こういち》は目《め》を丸《まる》くしながら、仕方《しかた》なく口《くち》を動《うご》かす。

あ、でもこれコーラ味《あじ》だ。けっこううまい。

「ふっふっふ。光一《こういち》がネタバレしそうになったら、アメを食《た》べさせてコメントを封《ふう》じようと思《おも》って、持《も》ってきたんだ！」

「なるほどね。光一《こういち》が解《と》けば絶対優勝《ぜったいゆうしょう》できるけど、それじゃあつまんないし」

べつに、おれだって黙《だま》ってたほうがいいことは、しゃべらないぞ。

……さっきは、つい答《こた》えを言《い》いかけたけど。

「光一《こういち》が飽《あ》きないように、ちゃんといろんな味《あじ》を持《も》ってきたんだよ！　ソーダでしょオレンジでしょ、あとはミント味《あじ》と……」

「あたしも一つもらっていい？　あっ、これって期間限定商品《きかんげんていしょうひん》じゃない!?　唐辛子《とうがらし》だったり、チーズ味《あじ》だったり、食《た》べるまで何《なん》の味《あじ》かわからないってやつ！」

「んぐっ!?」

チーズ味《あじ》のアメって、そんなヤバそうなものを食《た》べさせる気《き》か!?

「徳川《とくがわ》くんの知識《ちしき》も……けっこう大変《たいへん》かも」

すぐそばから、小《ちい》さな笑《わら》い声《ごえ》が聞《き》こえる。振《ふ》りむくと、クリスが口元《くちもと》をそっとかくしながら、くすくすとおかしそうに笑《わら》っていた。

意外《いがい》とクリスが楽《たの》しそうだし、健太《けんた》の案《あん》に乗《の》ってみるか。

「それじゃあ、出発《しゅっぱつ》しようよ！　えーっと、まずは広場《ひろば》から一番近《いちばんちか》い三番《ばん》がいいかなあ」

健太《けんた》が、光一《こういち》から引《ひ》きとった地図《ちず》と方位磁針《ほういじしん》を見《み》くらべる。先頭《せんとう》を切《き》って、山《やま》の散策《さんさく》コースの階段《かいだん》に足《あし》をかけた。その後《あと》に、すみれ、クリス、光一《こういち》の順《じゅん》で、階段《かいだん》を上《のぼ》っていく。

一歩《ぽ》ずつ、転《ころ》ばないように注意《ちゅうい》しながら上《のぼ》る。すっと上《うえ》を見《み》あげると、木《こ》の葉《は》の間《あいだ》から、青《あお》い空《そら》がところどころ見《み》えた。

朝《あさ》、いつもの学校《がっこう》にいたのが嘘《うそ》みたいだ。涼《すず》しいし、空気《くうき》もきれいで気持《きも》ちがいい。

ここで、本《ほん》が読《よ》めたら最高《さいこう》なんだけどな。

一番後《いちばんうし》ろをゆっくり歩《ある》いているうちに、先頭《せんとう》の健太《けんた》は、ずんずんと先《さき》へ進《すす》んでいく。やってきた分《わ》かれ道《みち》で、迷《まよ》わず舗装《ほそう》のされていない細《ほそ》い道《みち》へ入《はい》った。

「健太《けんた》、本当《ほんとう》にそっちでいいのか？　けもの道《みち》みたいに見《み》えるけど」

「だいじょうぶ！　ほら、光一《こういち》は新《あたら》しいアメでも食《た》べててよ」

健太《けんた》が、今度《こんど》は特大《とくだい》のアメを口《くち》につっこんでくる。

……よかった、普通《ふつう》のグレープ味《あじ》だ。

遠《とお》くで、ときどき鳥《とり》が羽《は》ばたく音《おと》がする。しばらく歩《ある》いていると、だんだんと体《からだ》が熱《あつ》くなってきて、首筋《くびすじ》をつっと汗《あせ》がつたった。

けっこう進《すす》んだけど、まだチェックポイントじゃないのか？

「ううん、ここらへんでいいかなあ」

もう一度声《いちどこえ》をかけようとしたところで、健太《けんた》がぴたりと足《あし》を止《と》める。いつの間《ま》にか、さっきよりも木々《きぎ》が増《ふ》えて、山深《やまぶか》くなっていた。

「健太《けんた》、どうしたの？　ここ、なんにもないけど」

すみれが、きょろきょろと辺《あた》りを見《み》まわす。健太《けんた》は、満足《まんぞく》げな笑顔《えがお》で、胸《むね》をつきだした。

「ふっふっふ！　ふつうに散策《さんさく》コースを回《まわ》るだけじゃ、ものたりないでしょ？　だから、ぼく、とっておきのサプライズを準備《じゅんび》してきたんだ！」

「サプライズ……？」

このタイミングで？　ここはどう見《み》ても、ただの山《やま》の中《なか》だけど。

健太《けんた》は、首《くび》をかしげるクリスに手《て》をかざしてみせる。突然《とつぜん》、音《おと》がしそうなくらい大《おお》きく息《いき》を吸《す》いこむと、輪《わ》を作《つく》った指《ゆび》を自分《じぶん》の口《くち》に当《あ》てた。

キイィ、キイィィ……

指笛《ゆびぶえ》？

健太《けんた》の吹《ふ》いた甲高《かんだか》い音《おと》が山《やま》に吸《す》いこまれていく。また静《しず》まりかえると、健太《けんた》は、うーんと首《くび》をかしげた。

「もうちょっと、こうかなあ……」

もう一度《いちど》、顔《かお》を赤《あか》くしながら指笛《ゆびぶえ》を吹《ふ》く。今度《こんど》はさっきよりも、さらに高《たか》い音《おと》が出《で》た。

ピイイイィピイイィィィ……

「健太《けんた》。それって、何《なに》かの合図《あいず》？」

「しーっ、すみれ、しずかに！」

健太《けんた》が、あわてて口《くち》に人差《ひとさ》し指《ゆび》をあてる。その瞬間《しゅんかん》、すぐ近《ちか》くで、ばさっと羽音《はおと》が鳴《な》った。

クリスの背後《はいご》にある木《き》の枝《えだ》に、小《ちい》さな鳥《とり》が止《と》まっている。違《ちが》う方向《ほうこう》でまた羽音《はおと》がしたかと思《おも》うと、さらに一回《ひとまわ》り大《おお》きな鳥《とり》が、光一《こういち》のすぐそばの木《き》にやってきていた。

健太《けんた》が、調子《ちょうし》よく指笛《ゆびぶえ》を吹《ふ》くたびに、鳥《とり》の種類《しゅるい》が増《ふ》えていく。

いったい、何種類《なんしゅるい》いるんだ!?

「すごい……！」

目《め》を輝《かがや》かせながら、クリスが最初《さいしょ》にやってきた小鳥《ことり》に、ゆっくりと近《ちか》づく。

小鳥《ことり》は、瞬《まばた》きをして何度《なんど》かクリスを見《み》つめると、差《さ》しだされたクリスの指《ゆび》にぴょんと飛《と》びのる。

その場《ば》で、キイキイイと高《たか》くさえずった。

「わっ！　かわいい」

すみれが、驚《おどろ》かさないように、小《ちい》さく拍手《はくしゅ》する。すみれの頭《あたま》にも、いつの間《ま》にか、大《おお》きな鳥《とり》が一羽《わ》、しっかりうずくまっていた。

「まるで、バードコールだな」

「バードコールってなに？」

「アウトドアや野鳥《やちょう》の観察《かんさつ》で使《つか》われる、鳥《とり》を呼《よ》ぶための道具《どうぐ》だ。木片《もくへん》に穴《あな》をあけて、ネジをさしこんで作《つく》るものが一般的《いっぱんてき》だな。そのネジの部分《ぶぶん》を開《あ》けたり閉《し》めたりすると、鳴《な》き声《ごえ》に似《に》た音《おと》が出《で》て、鳥《とり》が寄《よ》ってくるんだ」

でも、本物《ほんもの》のバードコールを使《つか》っても、鳥《とり》を呼《よ》ぶのはけっこう難《むずか》しい。しかも、何種類《なんしゅるい》もの鳥《とり》を呼《よ》ぶとなると、バードコールの種類《しゅるい》もたくさん必要《ひつよう》になるんだけど。

さすが健太《けんた》だな。

クリスは、指《ゆび》に乗《の》った鳥《とり》をじっと見《み》つめる。ふっと目《め》を細《ほそ》めて、やさしくほほえんだ。

「こんなに近《ちか》くで野鳥観察《やちょうかんさつ》もできるなんて……」

「どう？　クリスちゃん、びっくりした？」

「……うん」

「健太《けんた》にしてはやるじゃん！」

「へへへっ。お父《とう》さんに、そういう道具《どうぐ》があるって教《おし》えてもらったんだ！　自分《じぶん》で音《おと》を出《だ》すのだったら、一人《ひとり》で何種類《なんしゅるい》も呼《よ》べるでしょ？　練習《れんしゅう》するの、けっこう大変《たいへん》だったんだよ〜」

健太《けんた》が、笑《わら》いながら頭《あたま》をかく。照《て》れくさくなったのか、やってきた道《みち》をさっと振《ふ》りかえった。

「じゃ、そろそろ行《い》こっか。ゆっくり回《まわ》るのも楽《たの》しいけど、ミステリーアドベンチャーもがんばりたいし……って、**あああっ！**」

健太《けんた》が突然《とつぜん》上《あ》げた大声《おおごえ》で、集《あつ》まっていた何十羽《なんじゅうわ》もの鳥《とり》が、いっせいに飛《と》びたつ。あたりに、カラフルな羽毛《うもう》が舞《ま》って、光一《こういち》は思《おも》わず咳《せ》きこんだ。

「ごほっ！　健太《けんた》、突然大《とつぜんおお》きな声《こえ》を出《だ》すとっ」

「たっ、たたた、大変《たいへん》だよ。光一《こういち》〜！」

健太《けんた》が、自分《じぶん》のほおに手《て》を当《あ》てながら、顔《かお》を引《ひ》きつらせる。

この顔《かお》は、どう見《み》ても演技《えんぎ》じゃない。

もしかして、またいつもの——!?

「ぼく……ぼく、地図《ちず》と方位磁針《ほういじしん》を落《お》としちゃったみたい！」

「は!?」

「そっ、それって……つまり？」

「遭難《そうなん》————!?」

すみれが一際大《ひときわおお》きな悲鳴《ひめい》を上《あ》げる。むなしい声《こえ》が、わんわんと山《やま》の中《なか》に反響《はんきょう》した。

7 意外《いがい》なサプライズ

「……本当《ほんとう》に、地図《ちず》も方位磁針《ほういじしん》もないな」

光一《こういち》は、健太《けんた》のリュックをひっくり返《かえ》しおえると、眉間《みけん》にしわを寄《よ》せる。健太《けんた》が、はーっと脱《だつ》力《りょく》しながら地面《じめん》に両手《りょうて》をついた。

「ごめん〜。最初《さいしょ》は、ちゃんと持《も》ってたんだけど……」

「どこで落《お》としたのか、覚《おぼ》えてないのか？」

「ううん、どうだったかなあ。途中《とちゅう》から、サプライズするほうに夢中《むちゅう》になってて」

「先生《せんせい》に連絡《れんらく》しないと！　って、スマホは宿泊施設《しゅくはくしせつ》においてきちゃったんだっけ。もしかして、このままだとホントに遭難《そうなん》!?」

「目印《めじるし》になるようなものも……ないわね」

クリスが、落《お》ちつきなく辺《あた》りを見《み》まわす。けれど、道《みち》の先《さき》も来《き》た道《みち》も、同《おな》じように山《やま》の中《なか》の変《か》わらない景色《けしき》が続《つづ》いているだけだ。

健太《けんた》の先導《せんどう》で進《すす》んでいた道《みち》は、整備《せいび》された散策《さんさく》コースからすっかり外《はず》れている。そもそも、地図《ちず》にものっていなさそうだ。

途中《とちゅう》から、だいぶあやしい道《みち》に入《はい》りこんでたからな。しっかり確認《かくにん》すればよかった。

光一《こういち》も、立《た》ちあがって、さっと辺《あた》りを見《み》まわす。

道《みち》の先《さき》へ目《め》を向《む》けると、地面《じめん》の泥《どろ》は、少《すこ》し湿《しめ》り気《け》があるものの、ある程度固《ていどかた》まっている。数《すう》メートル先《さき》に、だれかが転《ころ》んだようなスニーカーのあとが見《み》えた。

他《ほか》にも、最近《さいきん》ここに迷《まよ》いこんだ人《ひと》がいるのか。

踏《ふ》まないように気《き》をつけながら、スニーカーのあとをたどる。四、五メートルも進《すす》むと、道《みち》はすぐ崖《がけ》になっていた。

行《い》き止《ど》まりか。

道《みち》を戻《もど》ろうと、きびすを返《かえ》す。岩壁近《がんぺきちか》くの葉陰《はかげ》で何《なに》かが光《ひか》って、思《おも》わず目《め》を細《ほそ》めた。

なんだ？

岩壁《がんぺき》に近《ちか》づいて、葉《は》を、そっと除《よ》ける。錆《さび》のついた、金属製《きんぞくせい》のピッケルがのぞいた。

「……だれかが、忘《わす》れていったのかしら」

後《うし》ろからやってきたクリスが、首《くび》をかしげる。

足元《あしもと》には、岩壁《がんぺき》から崩《くず》れたのか、石《いし》がごろごろと転《ころ》がっている。光一《こういち》は大振《おおぶ》りな石《いし》を選《えら》んで拾《ひろ》いあげると、木《こ》の葉《は》のすきまから射《さ》しこむ光《ひかり》に、さっとかざした。

これ、何《なん》だ？　何《なに》か黒《くろ》っぽいものが付《つ》いてるけど、見《み》たことがない。似《に》ているものといえば、レアアースなんかの鉱石《こうせき》だけど——。

「光一《こういち》。どうする？」

後《うし》ろからすみれに声《こえ》をかけられて、はっとする。

この石《いし》は少《すこ》し気《き》になるけど、今《いま》は時間《じかん》をくってる場合《ばあい》じゃない。早《はや》く正《ただ》しいルートに戻《もど》らないと、本当《ほんとう》に遭難《そうなん》だ。

拾《ひろ》った石《いし》を足元《あしもと》に落《お》として、みんなのところへ戻《もど》る。腕《うで》を組《く》んであごに手《て》を当《あ》てると、通《とお》ってきたけもの道《みち》を静《しず》かに見《み》つめた。

——だいじょうぶだ、覚《おぼ》えてる。

「地図《ちず》がなくても戻《もど》れると思《おも》う。宿泊施設《しゅくはくしせつ》から今《いま》まで、分岐《ぶんき》は十五か所《しょ》あったけど、どちらに曲《ま》がったかは全部《ぜんぶ》わかるはずだから」

「ホント!?　はあ、光一《こういち》といっしょでよかったよお……」

「ほっとするのは、宿泊施設《しゅくはくしせつ》まで戻《もど》ってからだ。とにかく、行《い》こう」

光一《こういち》は、先頭《せんとう》に立《た》って歩《ある》きはじめる。その後《うし》ろに、すぐ三人《にん》の足音《あしおと》が続《つづ》いた。

この三叉路《さんさろ》は、右《みぎ》だな。

通《とお》った道《みち》がわかるように石《いし》を落《お》としてから、けもの道《みち》を曲《ま》がる。

景色《けしき》がまったく変《か》わらなくて、少《すこ》し背中《せなか》がひやりとする。すぐ後《うし》ろにつけたすみれが、地面《じめん》に走《はし》る根《ね》をひょいと跳《と》びこえながら言《い》った。

「これって、光一《こういち》の記憶《きおく》が間違《まちが》ってたら、四人《にん》で遭難《そうなん》ってこと？　あ、でも山《やま》って下《くだ》っていけば、下《お》りられるんだよね？」

「いや、地図《ちず》やGPS《ジーピーエス》、方位磁針《ほういじしん》がないなら、助《たす》けが来《く》るのを待《ま》つほうがいい。下《お》りていると思《おも》って山《やま》に深《ふか》く入《はい》る場合《ばあい》もあるし、変《へん》な沢《さわ》に入《はい》って身動《みうご》きがとれなくなる危険性《きけんせい》もある」

「考《かんが》えなしに歩《ある》きまわると、かえって危《あぶ》なくなるのね……」

「それはいいけど、もしかして、クマとか出《で》てこないよねえ!?」

一番後《いちばんうし》ろを歩《ある》いていた健太《けんた》が、びくびくしながら木《き》のかげをのぞく。光一《こういち》は、次《つぎ》の分《わ》かれ道《みち》を迷《まよ》わず左《ひだり》に曲《ま》がった。

「それはないと思《おも》う。クマの出没情報《しゅつぼつじょうほう》があれば、ミステリーアドベンチャー自体《じたい》が中止《ちゅうし》になってるはずだ」

「なーんだ、残念《ざんねん》。でも、あたしもクマは倒《たお》せないかも。よっぽど毛《け》が長《なが》いクマじゃないと、つかみにくそうだし」

そういう問題《もんだい》じゃないだろ。

「でも、健太《けんた》が言《い》うとおり、こんなところで事故《じこ》にあったら、助《たす》けは来《こ》ないだろうな」

「光一《こういち》〜、そういうこと言《い》わないでよお」

ズザッ……

なんだ、今《いま》の音《おと》。

行《い》く先《さき》の、角《かど》の向《む》こうから奇妙《きみょう》な音《おと》がして、光一《こういち》はとっさに足《あし》を止《と》める。後《うし》ろにいたすみれも、あわてて急《きゅう》ブレーキをかけた。

「風《かぜ》、じゃないよね」

視線《しせん》を鋭《するど》くしたすみれにうなずきかえして、じっと耳《みみ》を澄《す》ませる。また、妙《みょう》な音《おと》が辺《あた》りに響《ひび》いた。

ズズッ、ズザザッ……

なんだ、この音《おと》。斜面《しゃめん》を何《なに》かがすべるようなかんじだ。

ヘビじゃ、こんな大《おお》きな音《おと》はしない。それなりの大《おお》きさの——。

「や、ややや、やっぱりクマ!?」

音《おと》がだんだんと近《ちか》づいてくる。光一《こういち》は、ぐっと息《いき》をのんだ。

様子《ようす》を探《さぐ》ろうにも、音《おと》は斜面《しゃめん》の角《かど》の向《む》こうで、姿《すがた》も見《み》えない。

光一《こういち》は、後《うし》ろに並《なら》ぶ三人《にん》にうなずいてみせる。そっと、斜面《しゃめん》に近《ちか》づいた。

さすがに、クマじゃないとは思《おも》うけど――。

少《すこ》し鼓動《こどう》が速《はや》くなった胸《むね》を押《お》さえながら、心《こころ》の中《なか》で数《かず》を数《かぞ》える。
一、二。
「三!」

さっと、角《かど》から飛《と》びだす。黒《くろ》い何《なに》かで、視界《しかい》がふさがった。

まっ黒《くろ》い。つやつやとした毛《け》――じゃなくて、

普通《ふつう》のシャツだ。

ばっと顔《かお》を上《あ》げると、見慣《みな》れた表情《ひょうじょう》に出《で》くわす。光一《こういち》が口《くち》を開《あ》ける前《まえ》に、後《うし》ろからすみれが大《おお》声《ごえ》を上《あ》げた。

「和馬《かずま》!?」

わずかに息《いき》を切《き》らした和馬《かずま》が、土《つち》の壁《かべ》に手《て》をついて立《た》っている。ふうと一つ息《いき》をはいて、あっという間《ま》に呼吸《こきゅう》を整《ととの》えた。

「……追《お》いついた」

「なんで和馬《かずま》くんがこんなところに!? 活動班《かつどうはん》の他《ほか》の人《ひと》は!?」

「オレたちの班《はん》も、健太《けんた》たちと同《おな》じコースをたどろうとしていたんだ。だが、途中《とちゅう》で健太《けんた》がまったく違《ちが》う方向《ほうこう》に歩《ある》いていくのを見《み》かけたから、体調《たいちょう》が悪《わる》いと言《い》って抜《ぬ》けてきた」

「あああ……ごめんね」

健太《けんた》が、申《もう》し訳《わけ》なさそうにうつむく。和馬《かずま》は、何《なに》も言《い》わずに背《せ》を向《む》けると、今来《いまき》た道《みち》を戻《もど》りはじめる。光一《こういち》は、慌《あわ》ててその後《うし》ろについた。

他《ほか》の三人《にん》も置《お》いていかれないように、ばたばたと走《はし》りはじめる。

「ありがとな。追《お》いかけてきてくれて」

「仕方《しかた》なくだ」

斜《なな》め前《まえ》から、そっけない声《こえ》が降《ふ》ってくる。前《まえ》を向《む》いたまま、和馬《かずま》が足音《あしおと》のかげで、ぽつりとつぶやいた。

「……山《やま》の中《なか》で迷《まよ》ったら、日野《ひの》への企画《きかく》どころじゃないだろう」

よく見《み》ると、和馬《かずま》の黒《くろ》いスニーカーには、あちこちに泥《どろ》が跳《は》ねている。

それに、忍《しの》びの和馬《かずま》が音《おと》を立《た》てて移動《いどう》するなんて、らしくない。

光一《こういち》は、内心《ないしん》で肩《かた》をすくめる。思《おも》わず、少《すこ》しだけ笑《わら》った。

あいかわらず素直《すなお》じゃないな。和馬《かずま》らしいけど。

はぐれない程度《ていど》の速度《そくど》で、五人並《にんなら》んで山《やま》を下《くだ》る。舗装《ほそう》された散策《さんさく》コースまで戻《もど》ると、自然《しぜん》と速度《そくど》が上《あ》がった。

木々《きぎ》の向《む》こうに、宿泊施設《しゅくはくしせつ》が見《み》えてくる。思《おも》わず、口《くち》からほっとため息《いき》が出《で》た。

よかった、無事戻《ぶじもど》ってこられたな。

「はあ、よかったあ〜。これも、光一《こういち》と和馬《かずま》くんのおかげだよお」

健太《けんた》が、へなへなとその場《ば》に座《すわ》りこむ。息《いき》を整《ととの》えていたクリスが、宿泊施設《しゅくはくしせつ》の柱時計《はしらどけい》に目《め》を留《と》めて、眉《まゆ》を下《さ》げた。

「でも、今《いま》から回《まわ》りなおしたら、ゴールは難《むずか》しそうね……」

「ま、しょうがないから、ミステリーアドベンチャーの問題《もんだい》は、全部光一《ぜんぶこういち》に解《と》いてもらおうよ」

にやっと笑《わら》いながら、すみれが問題用紙《もんだいようし》とペンを、光一《こういち》の手《て》に押《お》しつける。光一《こういち》は、黙《だま》って受《う》けとると、プリントを手早《てばや》く広《ひろ》げた。

回《まわ》ってないのがバレて、先生《せんせい》に怒《おこ》られても知《し》らないからな。

ため息《いき》をつきながら、ヒントと問題用紙《もんだいようし》を見《み》くらべて、すぐにクロスワードを埋《う》めていく。

クヌギ、トネリコ、リョウブ――。

ものの数十秒《すうじゅうびょう》で、答《こた》えまで書《か》きおえる。顔《かお》を上《あ》げると、もう立《た》ちさったかと思《おも》った和馬《かずま》が、じっと光一《こういち》を見《み》つめていた。

「どうかしたのか？」

「追《お》いかけている途中《とちゅう》で拾《ひろ》った。これは、健太《けんた》が持《も》っていたものだろう？」

和馬《かずま》が、光一《こういち》の手《て》に地図《ちず》と方位磁針《ほういじしん》を乗《の》せる。地図《ちず》を裏返《うらがえ》してみると、福永先生《ふくながせんせい》の文字《もじ》でA班《エーはん》と書《か》きこみがされていた。

間違《まちが》いない。おれたちの班《はん》のものだ。

なくしてたら、また怒《おこ》られるところだったな。

「ありがと、和馬《かずま》。助《たす》かった」

「……ただ、その方位磁針《ほういじしん》は途中《とちゅう》で落《お》として正解《せいかい》だった」

「え？」

どういうことだ？

光一《こういち》は、首《くび》をかしげながら、手《て》に乗《の》った方位磁針《ほういじしん》を見下《みお》ろす。北《きた》を示《しめ》す赤《あか》いN極《エヌきょく》が、まっすぐに光一《こういち》を指《さ》していた。

別《べつ》に、普通《ふつう》の方位磁針《ほういじしん》で——いや、違《ちが》う。

弾《はじ》かれたように、空《そら》を見上《みあ》げる。太陽《たいよう》の位置《いち》と方位磁針《ほういじしん》を、もう一度《いちど》見比《みくら》べた。

もうすぐ夕方《ゆうがた》だから、太陽《たいよう》は西側《にしがわ》にあるはず。でも、この方位磁針《ほういじしん》だと太陽《たいよう》の位置《いち》は東側《ひがしがわ》だ。

ってことは。

「……方位磁針《ほういじしん》が、逆向《ぎゃくむ》きに狂《くる》ってる」

道《みち》に迷《まよ》ったのは、健太《けんた》のせいだけじゃない……？

光一《こういち》は、方位磁針《ほういじしん》を手《て》の中《なか》で転《ころ》がす。思《おも》いきりにぎりつけると、反対《はんたい》を指《さ》している方位磁針《ほういじしん》の針《はり》が、手《て》の中《なか》でカラカラと音《おと》を立《た》てた。

8 特製《とくせい》カレーはキケン味《あじ》！

やっぱり、気《き》になる。

光一《こういち》は、むきおわったじゃがいもを手《て》に持《も》つと、にらみつけるようにじっと見《み》つめた。

ミステリーアドベンチャーが終《お》わって、気《き》がつくとすぐに夕方《ゆうがた》。先生《せんせい》の指示《しじ》のもと、班《はん》ごとに分《わ》かれて夕食《ゆうしょく》づくりになった。

メニューは定番《ていばん》のカレー。あっちこっちの班《はん》からは、きゃあきゃあと明《あか》るい声《こえ》が上《あ》がっている。

でも、なんだか気持《きも》ちが落《お》ちつかない。

さっきのミステリーアドベンチャー。

結局《けっきょく》、おれたちは無事《ぶじ》に宿泊施設《しゅくはくしせつ》に戻《もど》ってくることができた。でも、あの方位磁針《ほういじしん》が配《くば》られたのが他《ほか》の班《はん》だったら、もっと大変《たいへん》なことになっていたかもしれない。

間違《まちが》った方位磁針《ほういじしん》を、そのまま気《き》づかずに使《つか》いつづけて――。

偶然《ぐうぜん》か。それとも……だれかが方位磁針《ほういじしん》を狂《くる》わせたのか？

そこまで厳重《げんじゅう》に管理《かんり》されてるわけじゃないから、だれでもできると言《い》えばできるけど。

「でも、おれたちが道《みち》に迷《まよ》っても、だれも得《とく》をしないはずだし……」

「徳川《とくがわ》くん……どうかしたの？」

横《よこ》から声《こえ》が聞《き》こえて、はっとする。エプロンと三角巾《さんかくきん》をつけたクリスが、横《よこ》から光一《こういち》の手元《てもと》をのぞきこんでいた。

「もしかして、皮《かわ》がむけてなかった？　できるだけ、きれいにしたつもりだったんだけど……」

「えっと――」

まだ、なんの確証《かくしょう》もないのに話《はな》すのは悪《わる》いよな。せっかく、クリスは初《はじ》めての宿泊体験《しゅくはくたいけん》を、楽《たの》しんでるんだし。

「ちょっと考《かんが》え事《ごと》をしてたんだ。ていねいにやってくれて、助《たす》かる」

光一《こういち》は、じゃがいもをまな板《いた》にのせると、左手《ひだりて》で押《お》さえながら包丁《ほうちょう》で四《よ》つ切《ぎ》りにした。

「前《まえ》にも聞《き》いてたけど、徳川《とくがわ》くんって料理《りょうり》も得意《とくい》なのね」

「母《かあ》さんが、小《ちい》さいときから教《おし》えてくれたから。料理《りょうり》の本《ほん》も、ときどき読《よ》むし。料理《りょうり》って実験《じっけん》みたいでおもしろいだろ」

「あんまり考《かんが》えたことなかったけど……徳川《とくがわ》くんらしいかも」

クリスが、くすくすと小《ちい》さく笑《わら》いながら、自分《じぶん》の手元《てもと》に視線《しせん》を落《お》とした。

「歌《うた》も、とっても上手《じょうず》だったし。徳川《とくがわ》くんって、苦手《にがて》なことなんてないみたい」

「そんなことはないけど——」

おれにだって、苦手《にがて》なものはたくさんある。ピーマンとか、ブラックコーヒーとか。

あと……父《とう》さんとか。

「……どうかした？」

「いや、なんでもない」

思《おも》わずしかめた顔《かお》を振《ふ》って、光一《こういち》は流《なが》しの先《さき》にあるかまどに目《め》を向《む》ける。薪《まき》に火《ひ》を点《つ》け終《お》わったのか、ぱちぱちという音《おと》とともに、煙《けむり》が上《あ》がり始《はじ》めていた。

手元《てもと》に視線《しせん》を戻《もど》して、じゃがいもを鍋《なべ》に移《うつ》す。クリスが、にんじんを入《い》れると水《みず》を足《た》した。

「具材《ぐざい》がひたる程度《ていど》に入《い》れて……と」

さすがに、四人分《にんぶん》だからそれなりの重《おも》さがあるな。

鍋《なべ》を持《も》ちあげると、自分《じぶん》たちの割《わ》り当《あ》てになっているかまどへ向《む》かう。ふうふうと火《ひ》をおこしていた健太《けんた》が、ばっと振《ふ》りかえった。

……パンダみたいに、目《め》のまわりがすすで黒《くろ》くなってるぞ。

「光一《こういち》、クリスちゃん。材料《ざいりょう》の準備《じゅんび》をしてくれて、ありがとう」

「ううん……健太《けんた》も、火《ひ》をおこすの大変《たいへん》だったんじゃない？」

「ちょっと難《むずか》しかったけど、楽《たの》しかったよ。もう飯《はん》ごうの準備《じゅんび》もできてるから！」

軍手《ぐんて》をはめた手《て》で、健太《けんた》がごしごしと鼻《はな》をこする。あっという間《ま》に、鼻《はな》の頭《あたま》も真《ま》っ黒《くろ》になった。

ますます、パンダにしか見《み》えない。

「そういえば、すみれは？」

「さっき、宿泊施設《しゅくはくしせつ》のほうに走《はし》っていったよ。忘《わす》れ物《もの》をしたから取《と》ってくるって。そうだ、光一《こういち》。今《いま》のうちに寝《ね》ときなよ。完成《かんせい》したら、ちゃんと起《お》こしてあげるからさ」

健太《けんた》の声《こえ》に、光一《こういち》はさっと左腕《ひだりうで》の腕時計《うでどけい》を見下《みお》ろす。

たしかに、そろそろ寝《ね》ておいたほうがいいな。火《ひ》の近《ちか》くで倒《たお》れたら、大惨事《だいさんじ》じゃすまないし。

やっぱり、こういうときはちょっと不便《ふべん》だ。

光一《こういち》は、かまどに鍋《なべ》を下《お》ろして調理場《ちょうりば》に戻《もど》る。手早《てばや》く台《だい》を片《かた》づけるとイスを引《ひ》きよせた。

狙《ねら》いすましたかのように、すぐにまぶたが重《おも》くなる。そのまま、息《いき》を吐《は》いて肩《かた》の力《ちから》を抜《ぬ》いた。

でも、すみれはいったい、何《なに》を取《と》りに戻《もど》ったんだ？

そういえば、すみれの荷物《にもつ》は、やけに大《おお》きかったっけ……。

やけに大《おお》きくて……でも、軽《かる》そうで。

「ただいま～。光一《こういち》って、もう寝《ね》た？」

軽快《けいかい》な足音《あしおと》とともに、すみれの明《あか》るい声《こえ》が頭《あたま》にこだまする。すぐに、ガサガサと、何《なに》かが擦《こす》れるような音《おと》が聞《き》こえた。

何《なん》だ、この音《おと》……聞《き》きおぼえはあるけど……。

目《め》を開《あ》けようとしても、体《からだ》はすっかり睡眠《すいみん》モードに入《はい》っている。

なんとか眠気《ねむけ》に抵抗《ていこう》しようとした次《つぎ》の瞬間《しゅんかん》には、光一《こういち》はあっさり寝息《ねいき》を立《た》てていた。

…………。

こ……いち、……こう……いち。

「光一《こういち》、起《お》きられる？　カレーの準備《じゅんび》ができたよ！」

「え……ああ」

ゆっくりと目《め》を開《あ》けると、すすを落《お》とした健太《けんた》が、にっこりと顔《かお》をのぞきこんでいる。

寝《ね》る前《まえ》よりも、辺《あた》りがだいぶ薄暗《うすぐら》くなっている。光一《こういち》は、何度《なんど》か頭《あたま》を振《ふ》ってから、顔《かお》を上《あ》げた。

気疲《きづか》れからか、いつもより寝起《ねお》きが悪《わる》い。

ええっと……何《なに》をしてたんだっけ。宿泊体験《しゅくはくたいけん》で、みんなで調理実習《ちょうりじっしゅう》をして。

「そうだ、カレーが」

「もう、ばっちりできてるって！」

この声《こえ》は……！

威勢《いせい》のいい声《こえ》に、光一《こういち》は思《おも》わず立《た》ちあがる。

すみれが、鍋《なべ》のそばでお玉杓子《たまじゃくし》を手《て》に仁王立《におうだ》ちを決《き》めている。心底得意《しんそことくい》げに、思《おも》いっきり胸《むね》を張《は》っていた。

……これは、何《なに》かやった顔《かお》だな。

光一《こういち》は、おそるおそる、火《ひ》の消《き》えたかまどに近《ちか》づく。思《おも》いきって、カレー鍋《なべ》をのぞきこんだ。

ぱっと見《み》ただけだと、特《とく》に異和感《いわかん》はない。ルーが丁寧《ていねい》に溶《と》かされて、鍋《なべ》の中《なか》はすっかりカレーらしくなっている。にんじんやじゃがいも、玉《たま》ねぎもしっかりと煮《に》えてるし――。

「……ん？」

でも、カレーのルーが少《すこ》し違《ちが》う……？

バラバラにくだかれた何《なに》かが、ルーの中《なか》にしれっと入《はい》っている。

黄色《きいろ》っぽくて、粉《こな》っぽくて。軽《かる》くって。

――これってもしかして、すみれの大好物《だいこうぶつ》の。

「まいう～棒《ぼう》!?」

「正解《せいかい》ーっ！」

あのデカい荷物《にもつ》の正体《しょうたい》は、これだったのか!?

あまりの衝撃《しょうげき》に、ついぼう然《ぜん》と鍋《なべ》を見下《みお》ろす。横《よこ》にいたすみれが、解説《かいせつ》するようにぴんと人差《ひとさ》し指《ゆび》を立《た》てた。

「前《まえ》に、カレーには隠《かく》し味《あじ》を入《い》れるとおいしくなるってテレビでやってたの。だから、自分《じぶん》なりの隠《かく》し味《あじ》を考《かんが》えてみたわけ」

「たしかに、チョコレートやコーヒーはスパイスと相性《あいしょう》がいいし、カレーに入《い》れるとコクが出《で》るとは言《い》われてるけど――」

だからって、まいう～棒《ぼう》をつっこむか!?

「……ちなみに、何味《なにあじ》を入《い》れたんだ？」

「今回《こんかい》は、厳選《げんせん》に厳選《げんせん》を重《かさ》ねて、納豆《なっとう》とチョコにしてみました！　おいしそうでしょ？」

どう考《かんが》えてもマズい。

「ルーに入《い》れる前《まえ》に、バラバラにくだいておくのがコツね！　最後《さいご》の最後《さいご》まで、どうしても何味《なにあじ》にするか迷《まよ》っちゃってさ。しょうがないから、バッグに全種類《ぜんしゅるい》つめてきたの。そしたら、バッグがぱんぱんになっちゃって──」

「二人《ふたり》とも、どうかしたの……？」

食事台《しょくじだい》の準備《じゅんび》をしていたクリスが、首《くび》をかしげながら近《ちか》づいてくる。光一《こういち》が口《くち》を開《ひら》く前《まえ》に、すみれは、クリスの後《うし》ろに回《まわ》りこんで、ぐいっと背中《せなか》を押《お》した。

「なんでもないって！　カレーのお皿《さら》はあたしが準備《じゅんび》するから、クリスは座《すわ》って待《ま》ってて」

「そう……？」

クリスが、鍋《なべ》を気《き》にしながらも席《せき》につくと、すみれはさっとお玉杓子《たまじゃくし》を取《と》りだしてカレーをすくいあげる。あらかじめ健太《けんた》がよそっていたご飯《はん》に、上機嫌《じょうきげん》でルーをかけた。

目《め》の前《まえ》で、ご飯《はん》の上《うえ》に、まいう〜棒《ぼう》の溶《と》けこんだルーが、容赦《ようしゃ》なくかけられていく。

「お待《ま》たせ〜！」

四人分《にんぶん》をアルミ製《せい》のお盆《ぼん》にのせて、すみれが器用《きよう》にスキップしながらカレーを運《はこ》ぶ。台《だい》の上《うえ》に下《お》ろされた皿《さら》をのぞきこんで、クリスはぱちぱちと瞬《まばた》きをした。

「少《すこ》し、さっきと見《み》た目《め》が変《か》わってる……？」

「あたしが、トクベツにおいしくなるものを入《い》れておいたの。ま、食《た》べて食《た》べて」

「じゃあ……いただきます」

クリスが、おそるおそるスプーンでカレーをすくう。何秒《なんびょう》か迷《まよ》った後《あと》、目《め》をつむりながら、覚《かく》悟《ご》を決《き》めたようにぱくっと口《くち》に入《い》れた。

だっ、だいじょうぶか!?

うつむいているから、表情《ひょうじょう》が読《よ》みとれない。光一《こういち》は、思《おも》わずごくりとつばをのんだ。

「クリス、どう……?」

すみれが、両手《りょうて》をぎゅっと組《く》みあわせながら、不安《ふあん》そうに見守《みまも》る。クリスは、何度《なんど》かゆっくりと口《くち》を動《うご》かしてから、つぶやいた。

「少《すこ》し変《か》わった味《あじ》だけど……おいしい」

……うそだろ!?

光一《こういち》も、あわてて席《せき》につく。ルーをすくって、ひょいと食《く》いついた。

たしかに、思《おも》ったよりカレーの味《あじ》を邪魔《じゃま》しない。むしろ、少《すこ》し新《あたら》しい風味《ふうみ》がついていて。

「……本当《ほんとう》だ。案外《あんがい》いける」

「やった！　大成功《だいせいこう》～！」

すみれが大喜《おおよろこ》びで跳《と》びはねる。自分《じぶん》もイスに腰《こし》を下《お》ろすと、ばくりと勢《いきお》いよくほおばった。

「うん、おいしい！　家《いえ》で、お母《かあ》さんと試作《しさく》してよかった。じつは、すっごくヤバい組《く》みあわせもあってさ。シュガーラスク味《あじ》とめんたい味《あじ》とか！」

隣《となり》の家《いえ》だからって理由《りゆう》で、実験台《じっけんだい》にされなくてよかった。

健太《けんた》も、大口《おおぐち》を開《あ》けてカレーを食《た》べはじめる。すみれが、神妙《しんみょう》な顔《かお》で突然《とつぜん》スプーンを置《お》くと、口《くち》を動《うご》かしながら腕《うで》を組《く》んだ。

「でも、やっぱりきなこ棒《ぼう》も入《い》れたらよかったかも。もっとおいしくなった気《き》がする」

「ぼくはグミがよかったと思《おも》うなあ！　歯《は》ごたえがあって、楽《たの》しそうだし」

もう、カレーから外《はず》れていってないか？

「ふふっ」

クリスが、口元《くちもと》を押《お》さえながら小《ちい》さくふきだす。笑《わら》って出《で》た涙《なみだ》をそっとぬぐった。

「もしかして、すみれがわたしに秘密《ひみつ》にしていたのって、これだったの……？」

「えっ！　クリス気《き》がついてたの!?」

「その……最近《さいきん》、少《すこ》しいつもと様子《ようす》が違《ちが》ったから。すみれも健太《けんた》も……徳川《とくがわ》くんも」

クリスは、スプーンを皿《さら》に置《お》いて、イスに座《すわ》りなおす。膝《ひざ》をきゅっとにぎりながら、静《しず》かに顔《かお》を上《あ》げた。

「みんな……ありがとう。すっごく、うれしい」

クリスが、ほおを染《そ》めながらも、おだやかに笑《わら》う。その迫力《はくりょく》に、光一《こういち》は思《おも》わず口《くち》に入《い》れたカレーを、ごくっと飲《の》みこんだ。

最近《さいきん》、その眼鏡《めがね》の効果《こうか》が薄《うす》くなってないか……!?

「すみれ、そのカレーどうしたの？　うちの班《はん》のカレーと、微妙《びみょう》に違《ちが》う気《き》がするんだけど」

あわててスプーンを口《くち》に入《い》れたところで、すぐそばから声《こえ》がする。柴田《しばた》と松本《まつもと》が、連《つ》れだって食事台《しょくじだい》の横《よこ》から、皿《さら》をのぞきこんでいた。

「あたしが、まいう～棒《ぼう》で改良《かいりょう》したんだ！　二人《ふたり》も食《た》べる？」

すみれが、カレーの皿《さら》をずいっと差《さ》しだす。柴田《しばた》は、ぎょっとしながらカレーとすみれの顔《かお》を見《み》くらべて、目《め》をそらした。

「わたしはだいじょうぶ、かな。美香《みか》は？」

「わたしもお腹《なか》いっぱいだからごめんね、すみれちゃん」

「そう？　めちゃくちゃおいしいのに」

すみれが、首《くび》をかしげながら皿《さら》を食事台《しょくじだい》に戻《もど》すと、二人《ふたり》はほっと胸《むね》をなでおろす。

まあ、それが普通《ふつう》の反応《はんのう》だよな。

「それより、すみれ。くじを引《ひ》いてくれる？　この後《あと》の、きもだめしのペア決《ぎ》めなの。同《おな》じ番号《ばんごう》の人《ひと》とペアを組《く》んで。ちなみに、引《ひ》いた後《あと》の交換《こうかん》は自由《じゆう》ね」

「オッケー。じゃあ、これ！」

柴田《しばた》が差《さ》しだした箱《はこ》に、すみれは迷《まよ》わず手《て》をつっこんで、くじを引《ひ》きぬく。クリスは遠慮《えんりょ》がちに、健太《けんた》は箱《はこ》の中《なか》をごそごそとかき混《ま》ぜながら紙《かみ》を取《と》りだした。

「徳川《とくがわ》くんも」

「ああ、ありがと」

光一《こういち》はカレーを飲《の》みこんで、差《さ》しだされた箱《はこ》に手《て》を入《い》れる。

くじは、どれをとっても確率《かくりつ》は同《おな》じだから、迷《まよ》ってもしょうがないか。

最初《さいしょ》に手《て》が触《ふ》れた一枚《まい》をつかむ。箱《はこ》から取《と》りだすと、折《お》り目《め》を丁寧《ていねい》に広《ひろ》げた。

『14』

「なあんだ、光一《こういち》といっしょか」

すみれが、がっかりしたようにくじを指《ゆび》で弾《はじ》く。一方《いっぽう》の健太《けんた》は、目《め》をキラキラさせながら、『7』と書《か》かれた自分《じぶん》の紙《かみ》をのぞきこんだ。

「へへへっ、楽《たの》しみだなあ！　だれとペアになったんだろ。もしかしたら、いっしょに回《まわ》りたい子《こ》がぼくの番号《ばんごう》を聞《き》きに来《き》てくれたりして！」

「でも、わたしが聞《き》いたかんじだけど、同《おな》じペアになりたい人《ひと》は、みんな宿泊体験《しゅくはくたいけん》の前《まえ》にあらかじめ約束《やくそく》してるみたいだったよ」

「ええぇ、そうなの!?」

「たしかに、急《きゅう》にペアになりたいって言《い》われたら、びっくりするものね……」

柴田《しばた》の言葉《ことば》に、クリスが納得《なっとく》したようにうなずく。健太《けんた》は、その場《ば》にへなへなと座《すわ》りこんだ。

「そんなあ〜。ぼく、宿泊体験《しゅくはくたいけん》でカッコいいところを見《み》せたら、だれかが告白《こくはく》してくれるんじゃないかって思《おも》ってたのに……」

「もしかして、そのために宿泊体験《しゅくはくたいけん》でのあいさつを買《か》って出《で》たのか!?」

「だって〜、頼《たよ》りがいがあるところを見《み》せたかったんだよ〜！」

健太《けんた》が、情《なさ》けない顔《かお》をしながら泣《な》きついてくる。

まあ、気持《きも》ちはわからなくもないけど……。

光一《こういち》は、困《こま》ったように頭《あたま》をかく。ふと視線《しせん》を感《かん》じて横《よこ》を向《む》くと、柴田《しばた》がくじの箱《はこ》を持《も》ったまま、じっと光一《こういち》を見《み》ていた。

まだ、何《なに》かあるのか？　うちの班《はん》はもう引《ひ》きおわったけど。

「委員長《いいんちょう》、どうかしたのか？」

「……ううん、べつに」

「あっ！　もしかして、委員長《いいんちょう》って光一《こういち》といっしょにきもだめしに行《い》きたいとか？」

「はあ!?」

すみれがカレーを口《くち》に流《なが》しこみながら言《い》った言葉《ことば》に、思《おも》わず変《へん》な声《こえ》が出《で》る。柴田《しばた》も、あわてて首《くび》を振《ふ》った。

「違《ちが》うってば。なんでそうなるのよ」

「だって、バスでも光一《こういち》にはなしかけてなかった？」

「それは、委員長《いいんちょう》じゃなくて松本《まつもと》だ。だいたい、そんなわけないだろ。委員長《いいんちょう》は他《ほか》に――」

「……徳川《とくがわ》くん？」

ヤバい。委員長《いいんちょう》には、クラスに好《す》きなやつがいるって口走《くちばし》るところだった。

本人《ほんにん》から聞《き》いたわけじゃないけど、教室《きょうしつ》の一番角《いちばんかど》の席《せき》って、授業中《じゅぎょうちゅう》のみんなの動《うご》きがよく見《み》えるから、けっこういろいろ筒抜《つつぬ》けなんだよな。

……こういう大事《だいじ》なことは、気《き》づいても軽々《かるがる》しく言《い》わないに限《かぎ》る。

「とにかく違《ちが》う用件《ようけん》だ。だよな」

「え？　ああ、そうなの。じつは、わたしたち、徳川《とくがわ》くんに教《おし》えてほしいことがあって」

「なんでも言《い》ってよ！　ほら、入団式《にゅうだんしき》のあいさつで、なんでも相談《そうだん》してって言《い》っちゃったし」

それは、おれが言《い》ったわけじゃないけど。

元気《げんき》を取《と》りもどした健太《けんた》がにっこりと笑《わら》いかけると、柴田《しばた》は振《ふ》りかえって松本《まつもと》と目《め》を合《あ》わせる。

二人《ふたり》は暗《くら》い顔《かお》で、小《ちい》さくうなずきあった。

なんだか、言《い》いにくそうだな。

いや、むしろ——何《なに》かを不安《ふあん》がってるみたいな。

「その、こんなこと聞《き》いていいのかわからないんだけど……」

二人《ふたり》が、申《もう》し訳《わけ》なさそうに前《まえ》に出《で》る。ぎゅっと手《て》をつないでから、思《おも》いつめたように光一《こういち》を正《しょう》面《めん》から見《み》すえた。

「……幽霊《ゆうれい》って、本当《ほんとう》にいるのかな？」

「幽霊《ゆうれい》？」

思《おも》わず聞《き》きかえす。柴田《しばた》ははっきりうなずくと、震《ふる》えるくちびるを、きゅっと結《むす》んだ。

9 ドキドキ、きもだめし

山《やま》は陽《ひ》が落《お》ちるのが早《はや》いから、カレーの片《かた》づけを終《お》えたころには、辺《あた》りはもう真《ま》っ暗《くら》だった。

光一《こういち》は、手元《てもと》の懐中電灯《かいちゅうでんとう》を点《つ》けると、ぐるりと周囲《しゅうい》を照《て》らす。

きもだめしのために広場《ひろば》に集《あつ》まったみんなは、どこか落《お》ちつかない。ペアになった人《ひと》と固《かた》まって、そわそわと話《はな》しこんでいた。

「ありがとう！　健太《けんた》が持《も》っててよかった。これで、約束《やくそく》してた友達《ともだち》とペアになれるよ～」

外灯《がいとう》のそばで健太《けんた》と話《はな》していた女子《じょし》が、ぱっと顔《かお》を輝《かがや》かせると、うれしそうに手《て》を振《ふ》りながら、名前《なまえ》を呼《よ》ぶ友達《ともだち》のほうへと走《はし》りさっていく。

笑顔《えがお》で手《て》を振《ふ》りかえしていた健太《けんた》が、がっくりと肩《かた》を落《お》とす。はあっと、ため息《いき》をついた。

くじを引《ひ》いた後《あと》、健太《けんた》はたくさんのクラスメイトから、何度《なんど》も声《こえ》をかけられたけど、それは全部《ぜんぶ》、「目当《めあ》ての番号《ばんごう》を持《も》っていたら交換《こうかん》してほしい」という、お願《ねが》いだった。

健太《けんた》なら話《はな》しやすいし、頼《たの》みやすい。しかも、相手《あいて》がだれか知《し》っても、人《ひと》に漏《も》らしたり、からかったりしない。

つまり、みんなから信頼《しんらい》されてることの裏返《うらがえ》しではあるんだけど。

「はあ。結局《けっきょく》、ぼくとペアになりたいって、だれも言《い》ってくれなかった……」

健太《けんた》が、重《おも》い足《あし》どりで、ふらふらと光一《こういち》のそばにやってくる。しょんぼりした健太《けんた》を見《み》ながら、クリスが申《もう》し訳《わけ》なさそうに口《くち》ごもった。

「ごめんね、健太《けんた》。結局《けっきょく》、わたしといっしょになっちゃって……」

「あああっ、ホントだ！　クリスちゃんといっしょなら、すっごくうれしいよ！　よおし、こうなったら、おどかし役《やく》の先生《せんせい》を逆《ぎゃく》におどかしちゃおう！　がんばろうね、クリスちゃん！」

「えっ!?　でも、健太《けんた》におどかされたら、先生《せんせい》たちも大変《たいへん》だと思《おも》うし……」

クリスが、そわそわと手《て》を組《く》みかえる。遊歩道《ゆうほどう》が続《つづ》く森《もり》の先《さき》を、じっと見《み》つめた。

福永先生《ふくながせんせい》をはじめ、おどかす担当《たんとう》の先生《せんせい》たちは、すでに道《みち》のどこかで待機《たいき》してるはずだ。

「先生《せんせい》たち、どんなふうにおどかしてくるのかしら。ねえ、すみれ……すみれ？」

クリスが、すみれの背後《はいご》から声《こえ》をかける。そっと肩《かた》に触《ふ》れた瞬間《しゅんかん》、すみれが、びくっとその場《ば》に跳《と》びあがった。

「なっ、なに!?　クリス」

「なんでもないけど……どうかしたの？　少《すこ》し、顔色《かおいろ》が悪《わる》いような……」

「くっ、暗《くら》いからじゃない!?　ほら、外灯《がいとう》も少《すく》ないし、他《ほか》には懐中電灯《かいちゅうでんとう》しかないし！」

「すみれ……もしかして、その……」

クリスが言《い》いにくそうに、光一《こういち》と健太《けんた》を振《ふ》りかえる。光一《こういち》は、あっと小《ちい》さく口《くち》を開《あ》けた。

そうか、クリスは知《し》らないんだっけ。

「ほら、すみれは、むぐっ」

言《い》いかけた言葉《ことば》を、無理矢理《むりやり》、手《て》で押《お》しこめられる。いつの間《ま》にか、後《うし》ろに回《まわ》りこんだすみれが、両手《りょうて》で思《おも》いっきり口《くち》と鼻《はな》をふさいでいた。

ちょっと待《ま》て！　これ、息《いき》ができないだろ!?

「んぐぐっ！」

「まっ、まさか！　もも、もう小六《しょう》だよ？　ユーレイなんて、ぜんっぜん信《しん》じてないってば」

「次《つぎ》、十三番《ばん》の人《ひと》～」

「あっ、あたしと光一《こういち》は次《つぎ》だから、もう行《い》くね！」

きょとんとしたクリスを置《お》いて、すみれは逃《に》げるように走《はし》りだす。運良《うんよ》く解放《かいほう》されて光一《こういち》はぜえぜえと息《いき》をついた。

あのままだと、おれが幽霊《ゆうれい》になるところだった。

すみれを追《お》うように、スタート地点《ちてん》の遊歩道《ゆうほどう》に向《む》かう。ちょうど十三番《ばん》のペアが、懐中電灯《かいちゅうでんとう》を手《て》に入《い》り口《ぐち》に立《た》っていた。

前《まえ》のペアは、委員長《いいんちょう》と松本《まつもと》なのか。

光一《こういち》の持《も》ったライトに気《き》づいて、二人《ふたり》が振《ふ》りかえる。少《すこ》しだけ表情《ひょうじょう》をゆるませた。

「そっか、わたしたちの次《つぎ》って、すみれたちだっけ。ちょっと安心《あんしん》した。ね、美香《みか》」

「うん。二人《ふたり》が後《うし》ろにいると思《おも》うと、心強《こころづよ》いかも」

「ほら、後《うし》ろがつかえるから、出発《しゅっぱつ》して」

職員《しょくいん》の声《こえ》で、二人《ふたり》は手《て》をつなぐと楽《たの》しそうに走《はし》りだす。すぐに遊歩道《ゆうほどう》の入《い》り口《ぐち》を抜《ぬ》け、木《き》が茂《しげ》る奥《おく》へと消《き》えていった。

「は~い！」

「次《つぎ》。十四番《ばん》の人《ひと》」

「はい」

光一《こういち》は、二人分《ふたりぶん》の番号札《ばんごうふだ》を持《も》って前《まえ》に出《で》る。スタート地点《ちてん》の入《い》り口《ぐち》に立《た》っているのは、職員《しょくいん》の飯田《いいだ》さんだ。

飯田《いいだ》さんは、長《なが》い前髪《まえがみ》をかきあげながら、入《い》り口《ぐち》から遊歩道《ゆうほどう》の奥《おく》を指《ゆび》さす。空中《くうちゅう》で、反時計回《はんとけいまわ》りに大《おお》きな円《えん》を描《えが》いた。

「遊歩道《ゆうほどう》は、一本道《いっぽんみち》で円《えん》のようになってるんだ。大《おお》きく左回《ひだりまわ》りをしながら、進《すす》むことになる。赤《あか》い橋《はし》が、ちょうど真《ま》ん中《なか》だね。橋《はし》を渡《わた》って遊歩道《ゆうほどう》の終《お》わりまでいけばゴールだ」

「距離《きょり》は、どれくらいですか？」

「ゆっくり歩《ある》いて、二十五分《ふん》ってところかな。じゃあ、気《き》をつけて」

「ありがとうございます」

懐中電灯《かいちゅうでんとう》の明《あ》かりを確認《かくにん》して、と。

光一《こういち》は、右手《みぎて》に懐中電灯《かいちゅうでんとう》を持《も》って前《まえ》に出《で》る。遊歩道《ゆうほどう》に入《はい》ると、みんなのざわざわとした声《こえ》が遠《とお》ざかって、一気《いっき》に辺《あた》りは静《しず》かになった。

板張《いたば》りの遊歩道《ゆうほどう》は、それなりに幅《はば》がある。歩《ある》くたびに、木《き》のコン、コンという音《おと》が靴《くつ》の裏《うら》で響《ひび》いた。昼間《ひるま》は汗《あせ》ばむくらいだったけど、夜《よる》はもうめっきり冷《ひ》えている。

立《た》ちどまると、少《すこ》し寒《さむ》いくらいだな。

「ねえ、光一《こういち》……」

すぐ後《うし》ろから、ぼそぼそと声《こえ》がする。すみれが、低《ひく》くなったり高《たか》くなったりする、変《へん》な抑揚《よくよう》で叫《さけ》んだ。

「ほっ、本当《ほんとう》にユーレイっているの!?」

「それは、委員長《いいんちょう》たちに聞《き》かれたときにも言《い》っただろ。おれは信《しん》じてない」

「でも、信《しん》じてないっていうのは、いないっていうことじゃないよね!?」

……いつもより、かえって冷静《れいせい》だな。

光一《こういち》は、はーっと息《いき》をつく。大《おお》きく左《ひだり》に曲《ま》がるカーブの先《さき》を、懐中電灯《かいちゅうでんとう》で照《て》らした。

「おれは自分《じぶん》が信《しん》じてないことでも、実証《じっしょう》できないことについて、簡単《かんたん》にいるとかいないとか断《だん》言《げん》するのは好《す》きじゃないんだ」

「もうちょっとわかりやすく！」

「――いるかいないかは、はっきりわからない」

「やっぱり!?」

「でも、さっき委員長《いいんちょう》たちから聞《き》いたウワサは、たぶん作《つく》り話《ばなし》だ」

光一《こういち》は速度《そくど》を落《お》とすことなく歩《ある》きながら言《い》った。

柴田《しばた》と松本《まつもと》、二人《ふたり》が聞《き》いてきたのは――本当《ほんとう》に幽霊《ゆうれい》がいるかということだった。

なんでも二人《ふたり》が通《かよ》っている塾《じゅく》では、この宿泊施設《しゅくはくしせつ》には幽霊《ゆうれい》が出《で》るというウワサが広《ひろ》まっているという。最初《さいしょ》は二人《ふたり》とも、まったく信《しん》じていなかったけれど、たくさんの子《こ》から話《はなし》を聞《き》くうちに不安《ふあん》になって、光一《こういち》に聞《き》くことにしたらしい。

二人《ふたり》からは、白《しろ》いワンピースの女《おんな》の子《こ》が襲《おそ》ってくると説明《せつめい》されたけど。

「ざっと話《はなし》を聞《き》いた限《かぎ》りでは、おれにはただのウワサとしか思《おも》えない」

「でも、ウワサだけじゃなくて、委員長《いいんちょう》の友達《ともだち》には実際《じっさい》に見《み》た子《こ》もいるんでしょ!?」

「どうせ見間違《みまちが》いか、だれかのいたずらだろ。けがをさせられたとか襲《おそ》われたとか、具体的《ぐたいてき》な被《ひ》害《がい》は出《で》てないみたいだし」

「そ、それはそうかもしれないけど！　あたしはっ」

ザザッ……

「ヒッ」

後《うし》ろから聞《き》こえていた足音《あしおと》が、ぴたりと止《と》まる。

光一《こういち》は肩《かた》を落《お》としながら、仕方《しかた》なく振《ふ》りかえる。すみれが、体《からだ》の前《まえ》でぎゅっと両方《りょうほう》のこぶしをにぎって、うつむいていた。

「こっ……」

「すみれ、もう行《い》くぞ。ただの、風《かぜ》の音《おと》だっ……て!?」

「こういち〜！」

引《ひ》きつった声《こえ》が聞《き》こえたかと思《おも》った瞬間《しゅんかん》、のどがぐっとつまる。すみれが両手《りょうて》を広《ひろ》げて、襲《おそ》いかかるように光一《こういち》の首《くび》に飛《と》びついていた。

ぎっ。

「あああ、やっぱりあたしっ、ユーレイはダメなんだってば!!」

「すみれ、苦《くる》しいっ……！」

それに真《ま》っ暗《くら》とはいえ、さすがに恥《は》ずかしいだろ！

すみれの腕《うで》が首《くび》にしっかりとかかって、光一《こういち》は顔《かお》をしかめる。

抱《だ》きついてきたすみれを引《ひ》きはがそうと、腕《うで》をつかむけれど、腕力《わんりょく》の強《つよ》いすみれはびくともしない。

ああもう！

「つ、前《まえ》から思《おも》ってたけど、すみれはっ、幽霊《ゆうれい》の何《なに》がそんなに怖《こわ》いんだ!?」

「だって！　ユーレイって、触《さわ》れないんでしょ!?」

「それは、ものによるんじゃないか。まあ、そういう種類《しゅるい》もあるとは言《い》うけど——」

「触《さわ》れないってことは、柔道《じゅうどう》の技《わざ》がかけられないし！　それじゃあ、倒《たお》せないじゃん！」

「だから、そういう問題《もんだい》か!?」

バサッ
身動《みうご》きがとれないうちに、道《みち》の脇《わき》から、突然《とつぜん》白《しろ》い布《ぬの》のかたまりが飛《と》びだしてくる。薄暗《うすぐら》いなかで目《め》を凝《こ》らすと、布《ぬの》の真《ま》ん中《なか》に油性《ゆせい》ペンででかでかと描《か》かれた、目玉《めだま》が見《み》えた。

「う〜ら〜め〜し〜や〜」

この声《こえ》、もしかして、福永先生《ふくながせんせい》か？

さすがに、こんな子《こ》どもだましみたいな幽霊《ゆうれい》じゃ……。

はっと、気《き》がつくと、首《くび》が楽《らく》になっている。すみれが目《め》をつむりながら、白《しろ》い布《ぬの》をかぶった福《ふく》永先生《ながせんせい》に跳《と》びかかっていた。

「五井《ごい》!?」

あっ、マズい。

「福永先生《ふくながせんせい》、よけて——」

言《い》いおえる前《まえ》に、すみれが福永先生《ふくながせんせい》を白《しろ》い布《ぬの》ごとつかむと、すばやく右足《みぎあし》をはらう。先生《せんせい》の体《からだ》が、ぐらっと後《うし》ろに転《ころ》がった。

「うおっ」

「小内刈《こうちが》り、からのっ」

すみれの手《て》が、先生《せんせい》の腕《うで》を反対側《はんたいがわ》からつかむ。そのまま、ぎゅうと締《し》めあげた。

「ダメ押《お》しの腕固《うでがた》めっ！」

「まっ、まままま、待《ま》て五井《ごい》っ！」

なんだか、いつもよりさらに反射神経《はんしゃしんけい》が上《あ》がってないか⁉

「ユーレイだって、触《さわ》れれば別《べつ》にっ！」

「すみれ！　それは、福永先生《ふくながせんせい》だ」

「……えっ？」

すみれが、ぱっと目《め》を開《あ》けて、締《し》めあげていた人影《ひとかげ》を見下《みお》ろす。かぶっていた布《ぬの》をゆっくりずらすと、福永先生《ふくながせんせい》がすっかり目《め》を回《まわ》していた。

「ぎゃー！　福永先生《ふくながせんせい》、ごめんなさい！　あたし、本物《ほんもの》のユーレイかと思《おも》ってて っ！」

「ま、まさか五井《ごい》がこんなにおどろくなんてなあ……。はは、そんなに本物《ほんもの》っぽかったなら、よかった……」

「あああ、先生《せんせい》、しっかり～！　これ、後《あと》でめっちゃ怒《おこ》られる⁉」

それに関《かん》しては、フォローのしようがない。

光一《こういち》は、福永先生《ふくながせんせい》の横《よこ》に腰《こし》をかがめて様子《ようす》をうかがう。

よかった、少《すこ》し休《やす》ませれば、だいじょうぶそうだ。

「ここで、少《すこ》し待《ま》とう。後《うし》ろから来《き》た人《ひと》には、事情《じじょう》を説明《せつめい》して――」

キャ―――――――ッ！

何《なん》だ……今《いま》の!?

耳《みみ》をつんざくような悲鳴《ひめい》で、背筋《せすじ》に悪寒《おかん》が走《はし》る。光一《こういち》は、目《め》を見開《みひら》いて、はっと空《そら》を見《み》あげた。

近《ちか》くの木《き》に止《と》まっていた鳥《とり》が、けたたましい音《おと》を立《た》てながら、いっせいに羽《は》ばたいていく。

思《おも》わず、すみれと目《め》を合《あ》わせる。ぼうっとしていた福永先生《ふくながせんせい》が、顔《かお》をしかめながら頭《あたま》を振《ふ》った。

「なんだ？　今《いま》のは――」

「……委員長《いいんちょう》と、美香《みか》だ！」

すみれが、勢《いきお》いよく立《た》ちあがると、一目散《いちもくさん》に先《さき》へ駆《か》けだす。

光一《こういち》も、あわてて後《あと》を追《お》って走《はし》りだす。夢中《むちゅう》で踏《ふ》みだす足《あし》の下《した》で、床《ゆか》が激《はげ》しく鳴《な》った。

今《いま》の悲鳴《ひめい》は――少《すこ》しおどろかされて、上《あ》げたようなものじゃない。

いったい、何《なに》が――。

息《いき》が切《き》れるより早《はや》く、大《おお》きな赤《あか》い橋《はし》が見《み》えてくる。

人《ひと》かげが二つ、座《すわ》りこんでる――委員長《いいんちょう》と、松本《まつもと》だ！

「二人《ふたり》とも！　だいじょうぶ!?」

すみれが、二人《ふたり》の背後《はいご》にかけよって、そっと手《て》をそえる。けれど、二人《ふたり》はがくがくと震《ふる》えながら、正面《しょうめん》を向《む》いたままだ。

「あっ、あれっ！」

体《からだ》を硬直《こうちょく》させたまま、柴田《しばた》が震《ふる》える手《て》で道《みち》の先《さき》を指《ゆび》をさす。自然《しぜん》と、視線《しせん》がその先《さき》に吸《す》いよせられて――。

目《め》が釘付《くぎづ》けになった。

少《すこ》し錆《さ》びた、大《おお》きな赤《あか》い鉄橋《てっきょう》。

その反対側《はんたいがわ》に、まっ白《しろ》な布《ぬの》がひるがえっている。

カーテン――いや違《ちが》う、あれは。

女《おんな》の子《こ》だ。

着《き》ている白《しろ》いワンピースのスカートが、薄暗《うすぐら》い外灯《がいとう》のもとで、ぼんやりと浮《う》かびあがる。顔《かお》をかくしている長《なが》い黒髪《くろかみ》が、さらにその子《こ》にまとわりつくように、ふわりと舞《ま》いあがった。

血色《けっしょく》の悪《わる》い手足《てあし》が、ワンピースからだらりとのぞいている。

二人《ふたり》の背《せ》を支《ささ》えたまま、すみれが息《いき》をのむ。光一《こういち》も、思《おも》わずからからに乾《かわ》いた口《くち》で、つばを飲《の》んだ。

幽《ゆう》……霊《れい》!?

いや、そんなわけない。あれは、きっとニセモノで――!

「どうした！　みんな、だいじょうぶか!?」

後《うし》ろから大人《おとな》の声《こえ》がして、全員《ぜんいん》が反射的《はんしゃてき》に振《ふ》りかえる。懐中電灯《かいちゅうでんとう》を下《さ》げた福永先生《ふくながせんせい》と飯田《いいだ》さんが、小走《こばし》りでやってきていた。

苦《くる》しそうに胸《むね》を押《お》さえた柴田《しばた》が、もう一度《いちど》橋《はし》の先《さき》をばっと指《ゆび》さした。

「先生《せんせい》！　あのっ、あそこに幽霊《ゆうれい》が！」

「幽霊《ゆうれい》？」

顔《かお》をしかめた福永先生《ふくながせんせい》が、急《いそ》いで懐中電灯《かいちゅうでんとう》を橋《はし》の先《さき》へ向《む》ける。ライトの明《あ》かりで辺《あた》りがくっきりと浮《う》かびあがった。

光一《こういち》も、緊張《きんちょう》で息《いき》をつめる。

白《しろ》いワンピースに、黒《くろ》い髪《かみ》、不気味《ぶきみ》な手足《てあし》——どれも、ない。

そこには、何《なん》の変哲《へんてつ》もない板張《いたば》りの遊歩道《ゆうほどう》があるだけだ。

「……いない」

さっきのは、見間違《みまちが》いだったのか……？

いや、でも。

「光一《こういち》も……見《み》たよね？」

すみれが、ぎゅっと自分《じぶん》の腕《うで》をつかむ。光一《こういち》は、だれもいない外灯《がいとう》の下《した》を、ぼうっと見《み》つめた。

10 火《ひ》のないところに立《た》つ煙《けむり》？

営火場《えいかじょう》の真《ま》ん中《なか》で、福永先生《ふくながせんせい》が忙《いそが》しそうに指示《しじ》を出《だ》している。光一《こういち》は、その様子《ようす》を横目《よこめ》で見《み》ながら、小《ちい》さく息《いき》をついた。

各班《かくはん》の代表《だいひょう》が、職員《しょくいん》の人《ひと》たちから指導《しどう》を受《う》けながら、キャンプファイヤーの薪《まき》組《ぐ》みの仕上《しあ》げをしている。進行《しんこう》を担当《たんとう》する班《はん》の人《ひと》たちが、借《か》りた衣装《いしょう》やかつらに急《いそ》いで着替《きが》えていた。

光一《こういち》たちがスタート地点《ちてん》に戻《もど》った後《あと》も、きもだめしは予定《よてい》どおり、最後《さいご》まで進《すす》められた。光一《こういち》たち四人以外《にんいがい》、だれも幽霊《ゆうれい》を見《み》なかったからだ。

とりあえず、薪《まき》組《ぐ》みには班《はん》の代表《だいひょう》として健太《けんた》に出《で》てもらっているけど。

さっき目撃《もくげき》したあれは、何《なん》だったんだ？

光一《こういち》は、組《く》みあがっていくキャンプファイヤーの薪《まき》を見《み》ながら、丸太《まるた》のイスに腰《こし》を下《お》ろす。すぐ横《よこ》にすみれが、近《ちか》くの丸太《まるた》に、柴田《しばた》と松本《まつもと》がおずおずと座《すわ》った。

クリスが宿泊施設《しゅくはくしせつ》から走《はし》ってくると、二人《ふたり》にペットボトルをそっと差《さ》しだした。

「お水《みず》をもらってきたんだけど……」

「日野《ひの》さん、ありがとう」

柴田《しばた》は、少《すこ》しだけ水《みず》に口《くち》をつける。落《お》ちついたのか、小《ちい》さくふうと息《いき》をはいた。

「ごめんね、すみれ。徳川《とくがわ》くんも。さっきは、びっくりしてパニックになっちゃって」

「いや、おれたちも動揺《どうよう》したし……」

「さっきの……なんだったのかな。やっぱり幽霊《ゆうれい》？」

松本《まつもと》がぽつりともらした言葉《ことば》に、すみれがひっと息《いき》をのむ。

光一《こういち》は、目《め》を閉《と》じて、さっき見《み》た幽霊《ゆうれい》の姿《すがた》を思《おも》いうかべた。

白《しろ》いワンピースの女《おんな》の子《こ》。たしかに、委員長《いいんちょう》たちから聞《き》いていた幽霊《ゆうれい》に似《に》ていた。

でも、本物《ほんもの》の幽霊《ゆうれい》だと判断《はんだん》するには情報《じょうほう》が足《た》りない。

福永先生《ふくながせんせい》と戻《もど》ってきたから、現場《げんば》も調《しら》べられてないし――。

「……二人《ふたり》とも。よかったら、さっき言《い》ってた幽霊《ゆうれい》のウワサ、くわしく教《おし》えてくれないか？」

「えっ、いいけど……」

柴田《しばた》が、驚《おどろ》きながらも軽《かる》くうなずく。手《て》を膝《ひざ》の上《うえ》で組《く》みあわせてから、口《くち》を開《ひら》いた。

「わたしと美香《みか》が最初《さいしょ》に聞《き》いたのは、友達《ともだち》からなの。同《おな》じ教室《きょうしつ》に、先月《せんげつ》、ここの宿泊施設《しゅくはくしせつ》を使《つか》った子《こ》がいて、その子《こ》が……言《い》いだしてね」

柴田《しばた》は、人目《ひとめ》をはばかるようにさっと辺《あた》りを見《み》る。他《ほか》の人《ひと》に聞《き》こえないよう、声《こえ》をひそめた。

「――この宿泊施設《しゅくはくしせつ》に泊《と》まったときに、幽霊《ゆうれい》を見《み》たって」

光一《こういち》は、腕《うで》を組《く》んであごに手《て》を置《お》く。考《かんが》えこむように、鋭《するど》く目《め》を細《ほそ》めた。

「その子《こ》は、どんな状況《じょうきょう》で幽霊《ゆうれい》を見《み》たんだ？」

「夜《よる》にトイレへ行《い》こうと廊下《ろうか》を一人《ひとり》で歩《ある》いていたときに、長《なが》い髪《かみ》の女《おんな》の子《こ》が、窓《まど》の外《そと》にはりついてるのを見《み》たって。他《ほか》には、わたしたちと同《おな》じようにきもだめしで目撃《もくげき》した子《こ》もいたみたい」

「食事《しょくじ》の後《あと》に部屋《へや》へ戻《もど》ったら、呪《のろ》いの手紙《てがみ》が置《お》かれてた子《こ》もいたって言《い》ってたよね」

柴田《しばた》の言葉《ことば》に、結《むす》んだ髪《かみ》を揺《ゆ》らしながら、松本《まつもと》が熱《ねっ》ぽく付《つ》けたす。

予想以上《よそういじょう》に、幽霊《ゆうれい》のオンパレードだな。

「それは、全部《ぜんぶ》、さっきも言《い》っていた白《しろ》いワンピースの幽霊《ゆうれい》のしわざなのか？」

「ウワサではそうみたい。昔《むかし》、この宿泊施設《しゅくはくしせつ》のある山《やま》で起《お》きた遭難事故《そうなんじこ》で、わたしたちみたいに宿泊体験《しゅくはくたいけん》にやってきた女《おんな》の子《こ》が、散策中《さんさくちゅう》に滑落《かつらく》して死《し》んじゃったらしいの」

「そっ、それで？」

すみれが、ごくっとのどを鳴《な》らす。柴田《しばた》がおどけながら、幽霊《ゆうれい》のように両手《りょうて》を前《まえ》に垂《た》らした。

「その女《おんな》の子《こ》が、幽霊《ゆうれい》になったまま山《やま》の中《なか》をさまよってる。それで、宿泊施設《しゅくはくしせつ》にやってきた子《こ》どもたちの中《なか》から、仲間《なかま》を作《つく》ろうと襲《おそ》ってくるんだって」

なるほど。そういう由来《ゆらい》があるのか。

「幽霊《ゆうれい》を見《み》た子《こ》は先生《せんせい》に相談《そうだん》したんだけど、見間違《みまちが》いだって相手《あいて》にされなかったって。でも、話《はな》してくれた子《こ》は、そんな嘘《うそ》をつくような子《こ》じゃないし……」

「徳川《とくがわ》くんは、どう思《おも》う？　やっぱり、さっきの幽霊《ゆうれい》は本物《ほんもの》なのかな？」

松本《まつもと》の言葉《ことば》に、光一《こういち》は目《め》を伏《ふ》せる。少《すこ》し考《かんが》えこんだ後《あと》、ぽつりと言《い》った。

「その幽霊《ゆうれい》のウワサも、白《しろ》いワンピースの幽霊《ゆうれい》も……たぶん作《つく》り話《ばなし》やニセモノだと思《おも》う」

「ええ!?　そうなの？」

「でも、塾《じゅく》の子《こ》は見《み》たって言《い》ってたよ？」

松本《まつもと》が、不満《ふまん》そうに眉《まゆ》をひそめる。光一《こういち》は、あわてて組《く》んでいた腕《うで》を離《はな》した。

「その子《こ》が見《み》た幽霊《ゆうれい》が本物《ほんもの》かはわからないけど、遭難《そうなん》した女《おんな》の子《こ》のウワサは、作《つく》り話《ばなし》だと思《おも》う。死亡事故《しぼうじこ》が起《お》きたら、必《かなら》ずニュースで大《おお》きく扱《あつか》われる。でも、宿泊体験《しゅくはくたいけん》に来《く》る前《まえ》に、この山《やま》に関《かん》する本《ほん》や新聞記事《しんぶんきじ》を読《よ》んだけど、そういう事件《じけん》については見《み》たおぼえがないんだ」

「あっ……」

松本《まつもと》が、柴田《しばた》と顔《かお》を見《み》あわせる。光一《こういち》は、目《め》を細《ほそ》めながら首《くび》をかいた。

「その子《こ》が見《み》た幽霊《ゆうれい》については、おれにも本当《ほんとう》のところはわからない。でも、女《おんな》の子《こ》の幽霊《ゆうれい》に見《み》えるものを、いたずらで作《つく》りだすことはできると思《おも》う」

「じゃあ、呪《のろ》いの手紙《てがみ》は？　その手紙《てがみ》は、ちょっと席《せき》を外《はず》してる間《あいだ》に消《き》えちゃったって」

「それだって、不可能《ふかのう》じゃない。糸《いと》でもつけておいて、窓《まど》の外《そと》から回収《かいしゅう》することもできる」

わざわざそんなことするなんて、かなり悪趣味《あくしゅみ》だけど。

「じゃあ、さっきのもだれかのいたずら？」

「たぶん」

「……そっか」

光一《こういち》の言葉《ことば》に、柴田《しばた》と松本《まつもと》は顔《かお》を合《あ》わせる。そろって、ほっと息《いき》をはいた。

「まあ、そうだよね。ちょっと、そうかなーとは思《おも》ってたんだ」

二人《ふたり》は照《て》れくさそうに笑《わら》う。組《く》みあがったキャンプファイヤーの薪《まき》を見《み》ると、そろって立《た》ちあがった。

「そろそろ、自分《じぶん》の班《はん》に戻《もど》るね。三人《にん》とも、ありがとう。話《はなし》を聞《き》いてくれて」

柴田《しばた》と松本《まつもと》が、キャンプファイヤーの反対側《はんたいがわ》で待《ま》つ、班《はん》のメンバーのところへ走《はし》っていく。すみれが、丸太《まるた》に腰《こし》かけたまま、はーっとうずくまった。

「なあんだ。さっきのはニセモノだったのか。あたし、てっきり」

「やっぱり、すみれは幽霊《ゆうれい》がこわいの……？」

「え！ ちっ、違《ちが》うって！ ユーレイなんて、ぜんぜんこわくないし。ね、光一《こういち》……光一《こういち》？」

すみれの声《こえ》を無視《むし》して、光一《こういち》は二人《ふたり》の後《うし》ろ姿《すがた》を見《み》つめる。もう一度《いちど》、静《しず》かに腕《うで》を組《く》んだ。

何《なに》か、引《ひ》っかかる。

委員長《いいんちょう》たちが聞《き》いた幽霊《ゆうれい》のウワサは、たぶん、つくりものだ。

さっき見《み》た幽霊《ゆうれい》も、そう。だれかのいたずらで――。

でも。

他《ほか》の学校《がっこう》の人《ひと》もウワサを知《し》っているってことは、そのいたずらはたぶん、一回《かい》や二回《かい》じゃない。

昼《ひる》に、おれたちが使《つか》った方位磁針《ほういじしん》が壊《こわ》れていたことも、まだ気《き》になる。

もしかして、同《おな》じ人物《じんぶつ》が仕組《しく》んでいるとしたら。

――何《なに》か、おれたちが知《し》らないことが進《すす》んでる？

「準備《じゅんび》、終《お》わったよ〜！」

健太《けんた》が、軍手《ぐんて》をはめたまま、スキップをしながら走《はし》ってくる。わずかにうつむいていた光一《こういち》の顔《かお》を、下《した》からぐいっと見上《みあ》げた。

「係《かかり》の子《こ》も仮装《かそう》の準備《じゅんび》が終《お》わったから、先生《せんせい》がそろそろ火《ひ》を点《つ》けて始《はじ》めるって。それで、幽霊《ゆうれい》の正体《しょうたい》はわかったの!?」

「たぶん、ただのいたずらだ。幽霊《ゆうれい》のウワサも、だれかの作《つく》り話《ばなし》だと思《おも》う。なぜそんなことをしたのかは、まだ不明《ふめい》だけど」

「そっか。本物《ほんもの》の幽霊《ゆうれい》じゃないんだあ。ちょっと見《み》たかったのになあ」

健太《けんた》が、残念《ざんねん》そうにため息《いき》をつく。

なんだかんだいって、健太《けんた》はけっこう図太《ずぶと》いよな。まあ、幽霊《ゆうれい》はおもしろい話《はなし》の定番《ていばん》だけど。

健太《けんた》の奥《おく》で、キャンプファイヤーがごうっと音《おと》を立《た》てる。炎《ほのお》がだんだんと高《たか》く燃《も》えさかると、周囲《しゅうい》から、わっと歓声《かんせい》が上《あ》がった。

「……すごい」

クリスが、上《あ》がった火柱《ひばしら》をじっと見《み》つめながら、ぽつりとつぶやく。丸太《まるた》に腰《こし》を落《お》ちつけようとしていた健太《けんた》も、すぐに立《た》ちあがった。

「ぼく、もうちょっと近《ちか》くで見《み》てくるよ！」

大声《おおごえ》を上《あ》げながら健太《けんた》が一目散《いちもくさん》に駆《か》けよっていく。光一《こういち》は、その後《うし》ろ姿《すがた》を見《み》ながら、ぐっと伸《の》びをして肩《かた》の力《ちから》を抜《ぬ》いた。

この後《あと》は、風呂《ふろ》に入《はい》って寝《ね》るだけか。明日《あした》も、陶芸体験《とうげいたいけん》や星空観察《ほしぞらかんさつ》であっという間《ま》だ。

宿泊部屋《しゅくはくべや》も健太《けんた》といっしょだし、なんだかんだで本《ほん》を読《よ》む時間《じかん》はなさそうだな。

……じつは、いちおう三冊《さつ》だけ持《も》ってきたんだけど。

「あーっ、でも、ニセモノだって思《おも》うと、なんだかムカついてきた！」

すみれが、むっとほおを膨《ふく》らませる。足元《あしもと》に転《ころ》がっていた小石《こいし》を、スニーカーの先《さき》でつついた。

「つまり、犯人《はんにん》はびっくりするあたしたちを見《み》て、楽《たの》しんでるってことでしょ!? とっちめなくていいわけ？」

「今《いま》のところはけが人《にん》も出《で》てないしな。犯人捜《はんにんさが》しで宿泊体験《しゅくはくたいけん》を使《つか》うのも、もったいないだろ」

「まあ、それはそうだけど」

「もっと具体的《ぐたいてき》な危険《きけん》があれば、話《はなし》は別《べつ》だけど――」

……バチン
ん？

思《おも》わず、伸《の》ばしていた両手《りょうて》を下《お》ろす。みんなが囲《かこ》むキャンプファイヤーに、目《め》を凝《こ》らした。

土台《どだい》の薪《まき》は、丁寧《ていねい》に組《く》みあげられている。井《い》の字《じ》を書《か》くように二本《ほん》ずつ交差《こうさ》した組《く》み方《かた》は、できるだけ、火《ひ》を大《おお》きく、派手《はで》にするためのものだ。

別《べつ》に、変《へん》なところはないけど――。

さらに目《め》を細《ほそ》めて、じっと見《み》つめる。

視界《しかい》の端《はし》で、土台《どだい》の一番下《いちばんした》にある薪《まき》が、一本《ぽん》だけ、見《み》る間《ま》に燃《も》えつきて黒《くろ》くなっていく。バチッと音《おと》を立《た》ててきしんだかと思《おも》うと、薪《まき》があっさりと砕《くだ》けた。

ヤバい……っ!

「みんな、火《ひ》から離《はな》れろ!」

「えっ? 光一《こういち》、なんて?」

健太《けんた》が、きょとんと光一《こういち》を振《ふ》りかえる。その後《うし》ろで、ぐらりと火柱《ひばしら》がゆらめいた。

「……っ!」

返事《へんじ》もせずに、息《いき》を止《と》めて健太《けんた》に駆《か》けよる。ぐいとその手《て》を無理矢理《むりやり》引《ひ》くと、健太《けんた》が、光一《こういち》へと転《ころ》ぶようによろめいた。

「わっ、わわわ!」

まだだ、もう少《すこ》し!

さらに腕《うで》を引《ひ》いて、健太《けんた》を受《う》けとめるように後《うし》ろに倒《たお》れこむ。その瞬間《しゅんかん》、バキンと一際大《ひときわおお》きな音《おと》が鳴《な》った。

キャンプファイヤー全体《ぜんたい》が、ガラガラとくずれおちる。

みんな、息《いき》をのみながら、じわりと後《あと》ずさる。

火《ひ》が点《つ》いたままの薪《まき》の欠片《かけら》が、カランと小《ちい》さな音《おと》を立《た》てて、健太《けんた》の少《すこ》し先《さき》にこぼれた。

「すみれ、水《みず》！」

「う、うん！」

準備《じゅんび》されていたバケツを、すみれが軽々《かるがる》とひっつかむ。こぼれおちた薪《まき》に向《む》かって、ええいっと大声《おおごえ》を上《あ》げながら中《なか》の水《みず》をぶっかけた。

火《ひ》が消《き》えて、薪《まき》からはじゅうじゅうと音《おと》を立《た》てて蒸気《じょうき》が上《あ》がりはじめる。

けが人《にん》は……いなそうだな。

「八木《やぎ》、だいじょうぶか!?」

福永先生《ふくながせんせい》が、周囲《しゅうい》で監督《かんとく》していた小倉《おぐら》さんと飯田《いいだ》さんといっしょに血相《けっそう》を変《か》えて走《はし》ってくる。

健太《けんた》は、光一《こういち》に支《ささ》えられたまま、力《ちから》なく笑《わら》った。

「だいじょうぶです。光一《こういち》が助《たす》けてくれたし」

「でも、なんで突然《とつぜん》……」

「たぶん、一番下《いちばんした》の土台《どだい》の薪《まき》に水分《すいぶん》が足《た》りなかったんです。燃《も》えてしまったから、もう確認《かくにん》はできないですけど」

光一《こういち》がそう言《い》うと、小倉《おぐら》さんは額《ひたい》に手《て》を当《あ》てながら、眉間《みけん》にしわを寄《よ》せた。

「おかしいわ。ちゃんと準備《じゅんび》したはずなのに」

「やっぱり、幽霊《ゆうれい》のしわざなんじゃ……」

「飯田《いいだ》さん、そういうこと軽々《かるがる》しく言《い》わないで！」

小倉《おぐら》さんが飯田《いいだ》さんを振《ふ》りかえって、肩《かた》をいからせる。近《ちか》くで聞《き》いていたクラスメイトが、怯《おび》えたように目《め》を合《あ》わせた。

「えっ、これって幽霊《ゆうれい》のせいなの!?」

「そういえば、隣《となり》のクラスの子《こ》から聞《き》いた！　白《しろ》いワンピースの女《おんな》の子《こ》が出《で》るって……」

「みんな、落《お》ちついて。ただの偶然《ぐうぜん》だ。とにかく、宿泊施設《しゅくはくしせつ》に移動《いどう》しよう」

福永先生《ふくながせんせい》の声《こえ》で、いったんざわついた声《こえ》が落《お》ちつく。けれど、一人二人《ひとりふたり》と移動《いどう》を始《はじ》めるにつれて、ウワサをささやく声《こえ》が、また辺《あた》りにざざめいた。

これじゃあ、さっきのウワサもさらに広《ひろ》まりそうだな……。

クリスの手《て》を借《か》りて、健太《けんた》が立《た》ちあがる。すみれも、バケツを福永先生《ふくながせんせい》に渡《わた》して戻《もど》ってくると、キャンプファイヤーの焼《や》け残《のこ》りと光一《こういち》の顔《かお》を、落《お》ちつきなく見《み》くらべた。

「光一《こういち》、あたしたちも移動《いどう》しよう。なんか、気味悪《きみわる》いし——」

「すみれ、前言撤回《ぜんげんてっかい》だ」

「え？」

光一《こういち》は、施設《しせつ》へと移動《いどう》する人《ひと》ごみに目《め》を走《はし》らせる。その中《なか》から、こちらを見《み》かえす和馬《かずま》の顔《かお》を見《み》つけて、静《しず》かにうなずいた。

この幽霊騒《ゆうれいさわ》ぎは、このままにしておけない。

「世界一《せかいいち》クラブ、活動開始《かつどうかいし》だ」

11 ダブルの反撃調査《はんげきちょうさ》

健太《けんた》は、台《だい》の上《うえ》に置《お》かれた粘土《ねんど》を、思《おも》いっきり引《ひ》っぱる。爪《つめ》の先《さき》を使《つか》って、ちょいちょいとつまむと、あっという間《ま》に猫《ねこ》の耳《みみ》の形《かたち》になった。

うん、ばっちり！

「じゃーん！　クリスちゃん、どう？　猫型《ねこがた》の湯飲《ゆの》み！　かわいいでしょ？」

今日《きょう》は宿泊体験《しゅくはくたいけん》も二日目《ふつかめ》。朝食《ちょうしょく》を終《お》えて、午前中《ごぜんちゅう》は陶芸体験《とうげいたいけん》だ。配《くば》られた粘土《ねんど》を使《つか》って、みんな湯飲《ゆの》みや皿《さら》など、思《おも》い思《おも》いのものを作《つく》っている。

「すごい……健太《けんた》って、本当《ほんとう》に手先《てさき》が器用《きよう》ね」

クリスが作業《さぎょう》の手《て》を止《と》めて、健太《けんた》の掲《かか》げた作品《さくひん》を見《み》つめる。近《ちか》くの席《せき》にいたクラスメイトも、作品《さくひん》を見《み》に集《あつ》まってきて、あっという間《ま》に二人《ふたり》の机《つくえ》は、みんなに囲《かこ》まれた。

「わあ。健太《けんた》くんの湯飲《ゆの》み、とってもかわいい！　お店《みせ》で売《う》ってるものみたい」

「信《しん》じられねー！　いっつもドジなのに、なんでこういうのはうまいんだよ～」

えへへ。みんなが興味《きょうみ》を持《も》ってくれて、すっごくうれしいなあ。

健太《けんた》は、作品《さくひん》を手《て》にのせたまま、上機嫌《じょうきげん》でくるりと回《まわ》った。

「はいはい。盛《も》りあがるのもいいけど、終了時間《しゅうりょうじかん》に間《ま》に合《あ》うようにね？」

テーブルを回《まわ》りながらアドバイスをしていた小倉《おぐら》さんが、人垣《ひとがき》の外《そと》から、苦笑《にがわら》いする。集《あつ》まっていたみんなが、あっと声《こえ》を上《あ》げながら、蜘蛛《くも》の子《こ》を散《ち》らすように自分《じぶん》の席《せき》に戻《もど》っていった。

あああ、ちょっと残念《ざんねん》……。

でも、これで光一《こういち》の作戦《さくせん》どおりだよね。

健太《けんた》は、大人《おとな》しく自分《じぶん》の席《せき》に座《すわ》る。クリスと目《め》を合《あ》わせてゆっくりうなずくと、小倉《おぐら》さんににっこりと笑《わら》いかけた。

ぼくとクリスちゃんで、小倉《おぐら》さんからしっかりと話《はなし》を聞《き》きださないと。

うっ、どきどきするなあ。

「健太《けんた》くん、とっても上手《じょうず》ね。このしっぽのところなんて、本物《ほんもの》の猫《ねこ》みたいだし」

「ぼく、日《ひ》ごろから手品《てじな》とかいろいろやってるから、こういうのは得意《とくい》なんです」

「そういえば、他《ほか》の子《こ》も健太《けんた》くんはすごいって言《い》ってたわ。なんでも、〈世界一《せかいいち》のエンターテイナー少年《しょうねん》〉って」

「えへへ、そうなんです！　しかも、ぼくたち世界一《せかいいち》クラ――」

「こっ、こほんっ！」

顔《かお》を赤《あか》らめながら、クリスが横《よこ》で小《ちい》さくせきばらいをする。

あっ、あぶないあぶない。世界一《せかいいち》クラブのことは、ヒミツなんだった！

ぼく、世界一《せかいいち》クラブのことは、ついみんなに自慢《じまん》したくなっちゃうんだよね。

健太《けんた》は、バトンタッチするように、黙《だま》りこむ。クリスが配《くば》られた粘土《ねんど》に手《て》を添《そ》えながら、小倉《おぐら》さんの顔《かお》を見上《みあ》げた。

「あの、小倉《おぐら》さん……わたし、あまりうまくできなくて。少《すこ》し教《おし》えてもらえますか？」

「もちろん！　ああ、これはもうちょっとこねたほうがいいわね。ちょっと待《ま》って」

小倉《おぐら》さんは、クリスから粘土《ねんど》を受《う》けとると、力《ちから》を込《こ》めて手早《てばや》くこねていく。粘土板《ねんどばん》に押《お》しつけながら、申《もう》し訳《わけ》なさそうに目《め》を伏《ふ》せた。

「そういえば、健太《けんた》くん。昨日《きのう》のキャンプファイヤーでは、本当《ほんとう》にごめんなさい。あんな危《あぶ》ない目《め》にあわせてしまって……」

「だいじょうぶです。親友《しんゆう》の光一《こういち》が助《たす》けてくれたから」

「徳川《とくがわ》くん、だっけ？　キャンプファイヤーの土台《どだい》が崩《くず》れた理由《りゆう》にもすぐ気《き》がついていたし、すごいわね」

「それで、わたし……その徳川《とくがわ》くんに聞《き》いたんですけど……」

クリスが、まごまごと手《て》を組《く》みかえる。少《すこ》し迷《まよ》った後《あと》に、さらに小《ちい》さな声《こえ》で言《い》った。

「その、この宿泊施設《しゅくはくしせつ》には幽霊《ゆうれい》が出《で》る……って」

クリスがそう言《い》った瞬間《しゅんかん》、小倉《おぐら》さんの手《て》がぴたりと止《と》まる。クリスはあわてて、頭《あたま》を下《さ》げた。

「ごめんなさい！　こんなことを聞《き》いて、その……」

「ううん、いいの。はあ、やっぱりそのウワサって、けっこう広《ひろ》まってるのね」

小倉《おぐら》さんが、ため息《いき》をつきながら、向《む》かいに座《すわ》る。困《こま》ったように、ほおづえをついた。

「一年《ねん》くらい前《まえ》からかしら。施設《しせつ》に来《く》る子《こ》たちが、山《やま》で遭難《そうなん》した女《おんな》の子《こ》の幽霊《ゆうれい》が出《で》る、なんてウワサしはじめてね。正直《しょうじき》、ちょっと困《こま》ってるの。もちろん、そんな事件《じけん》はないし」

じゃあ、やっぱり幽霊《ゆうれい》のウワサはだれかの作《つく》り話《ばなし》なんだ。

健太《けんた》は、ぱちぱちとまばたきをする。クリスも、納得《なっとく》したように小《ちい》さくうなずいた。

ちょっと残念《ざんねん》だけど……遭難《そうなん》して死《し》んだ女《おんな》の子《こ》がいなくて、よかった。

「最初《さいしょ》は、ただのウワサだと思《おも》ってたんだけど。そのうち、泊《と》まった子《こ》の中《なか》に、その女《おんな》の子《こ》の幽《ゆう》霊《れい》を見《み》たって言《い》う子《こ》も出《で》てきて――」

「その……小倉《おぐら》さんも、女《おんな》の子《こ》の幽霊《ゆうれい》を見《み》たんですか？」

「ううん。一度《いちど》も見《み》てないわ。というか、うちの職員《しょくいん》は、だれも見《み》てないの」

「えええっ一人《ひとり》も!?」

健太《けんた》は、思《おも》わず口《くち》をつきだす。クリスも、驚《おどろ》いて瞳《ひとみ》をまたたかせた。

おかしいなあ。こんなにウワサになってるなら、一回《かい》くらい見《み》てもおかしくないと思《おも》うんだけど。

小倉《おぐら》さんは、やるせなさそうにまた大《おお》きくため息《いき》をついた。

「最近《さいきん》は、ウワサのせいでお客《きゃく》さんもじわじわ減《へ》ってるのよね。ほら、うちの施設《しせつ》ってだいぶ年季《ねんき》が入《はい》ってるでしょ？　だから建《た》てかえたいって施設長《しせつちょう》とも話《はなし》をしてるんだけど、いざやろうとすると費用《ひよう》がかさんじゃって。もう、いっそこのまま閉鎖《へいさ》するかって話《はなし》も出《で》ていてね。幸《さいわ》い、買《か》ってもいいって言《い》ってくれる不動産屋《ふどうさんや》さんもいるし」

「そんなあ。たしかにちょっと古《ふる》いけど、こんなにいいところなのに」

「残念《ざんねん》ね……」

クリスが、眉《まゆ》を寄《よ》せながらうつむく。小倉《おぐら》さんから見《み》えないように、きゅっと小《ちい》さくくちびるをかんだ。

なくなっちゃうのかあ。

せっかく、クリスちゃんやみんなと思《おも》い出《で》を作《つく》ったのにな。

小倉《おぐら》さんが決《き》めたことなら、ぼくは何《なに》も言《い》えないけど……。

「……小倉《おぐら》さんも、もうここの仕事《しごと》がいやになっちゃったの？」

ぱっと出《で》た言葉《ことば》に、クリスがびっくりして目《め》を見開《みひら》く。小倉《おぐら》さんも、テーブルに落《お》としていた視線《しせん》を、はっと上《あ》げていた。

あれ……ぼくなんか失礼《しつれい》なこと言《い》っちゃったかも!?

「ええっと、ぼく、その……」

落《お》ちつきなく、つい手《て》をばたばたとさせる。

あわてふためく健太《けんた》の様子《ようす》を見《み》て、小倉《おぐら》さんはぷっとふきだした。

「ううん、わたしはもうちょっと続《つづ》けたいかな！　みんなが大人《おとな》になったときに、また遊《あそ》びに来《き》てほしいしね。うん……大切《たいせつ》なのは、どうしたいかだよね」

小倉《おぐら》さんは、こねた粘土《ねんど》をまとめる。明《あか》るい笑顔《えがお》で、クリスに差《さ》しだした。

「それじゃあ、粘土《ねんど》はこねておいたから。あとは、がんばってね」

「……はい！」

クリスが、丁寧《ていねい》に頭《あたま》を下《さ》げる。小倉《おぐら》さんが、他《ほか》のテーブルの指導《しどう》に移動《いどう》すると、健太《けんた》は、テーブルにつっぷして、伸《の》びをした。

はああ、ちょっと緊張《きんちょう》したあ。

でも、これで光一《こういち》から確認《かくにん》するように言《い》われてたことは全部《ぜんぶ》聞《き》けたよね。

「あの二人《ふたり》は、うまくやってるかなあ？」

健太《けんた》は、余《あま》った粘土《ねんど》でちょいちょいとリボンを作《つく》る。湯飲《ゆの》みの猫《ねこ》の耳《みみ》に、そっと飾《かざ》りつけた。

「つくしゅん！」

横《よこ》で、すみれが盛大《せいだい》なくしゃみを上《あ》げる。光一《こういち》は、顔《かお》をしかめながら、さっと耳《みみ》をふさいだ。

……もう少《すこ》し、静《しず》かにできないのか。

陶芸体験《とうげいたいけん》を早々《そうそう》に切《き》りあげて、光一《こういち》とすみれは、昨日《きのう》のきもだめしのルートを歩《ある》いている。

福永先生《ふくながせんせい》に、きもだめし中《ちゅう》に落《お》とし物《もの》をしたって言《い》い訳《わけ》したのは、少《すこ》し心苦《こころぐる》しいけど。

真相《しんそう》を確《たし》かめるためには、しかたない。

空《そら》は、どんよりと厚《あつ》い雲《くも》が垂《た》れこめている。ぱらぱらと雨《あめ》が降《ふ》っていて、昼《ひる》なのに辺《あた》りはひんやりとして、もやがかかっていた。

これは、レインコートを着《き》てきて正解《せいかい》だったな。

「ねえ、光一《こういち》。昨日見《きのうみ》たユーレイって、本当《ほんとう》に作《つく》り物《もの》なの？」

「だから、それを確《たし》かめに来《き》てるんだろ。えっと……ここだな」

光一《こういち》は、軽《かる》い足音《あしおと》を立《た》てて橋《はし》の入《い》り口《ぐち》で立《た》ちどまる。

昨日《きのう》は、この反対側《はんたいがわ》に幽霊《ゆうれい》──らしきものがいたんだよな。

鋭《するど》い視線《しせん》で、橋《はし》の反対側《はんたいがわ》を見《み》つめる。けれど、もちろんそこには何《なに》もない。

鉄骨《てっこつ》の赤《あか》い橋《はし》に、一歩《いっぽ》踏《ふ》みだす。カン、カンと音《おと》を立《た》てながら、まっすぐに歩《ある》いた。

何《なに》か、証拠《しょうこ》はないのか。あの女《おんな》の子《こ》が、作《つく》り物《もの》だっていう。

「昨日《きのう》、あの幽霊《ゆうれい》が立《た》ってたのはこのへんだったよな」

光一《こういち》は、橋《はし》を渡《わた》りおえると、板張《いたば》りの遊歩道《ゆうほどう》に、すっと腰《こし》を落《お》とす。すみれが、レインコートについた露《つゆ》を指《ゆび》で飛《と》ばしながら、口《くち》をすぼめた。

「でも昨日《きのう》、あの女《おんな》の子《こ》は、あたしたちが一瞬《いっしゅん》目《め》を離《はな》したすきに消《き》えちゃったんだよ？　やっぱり作《つく》り物《もの》じゃなくて、ホンモノなんじゃ……」

「あれが人形《にんぎょう》か何《なに》かの作《つく》り物《もの》だったとして、一瞬《いっしゅん》で移動《いどう》させる方法《ほうほう》は、ぱっと考《かんが》えつくだけで少《すく》なくとも十通《とお》りはある」

「ええっ、そんなに⁉」

「木《き》の枝《えだ》に紐《ひも》でぶら下《さ》げておいて、滑車《かっしゃ》みたいに引《ひ》いてかくすとか。横《よこ》の草《くさ》むらへ引《ひ》っぱって動《うご》かすとか。ここらへんは木《き》も草《くさ》もよく生《は》えてるから、一時的《いちじてき》にかくす場所《ばしょ》はあるだろ」

「じゃあ、そういうしかけのあとを探《さが》せばいいってこと？」

「そうだな。まあ、昨日《きのう》の夜《よる》からずっと雨《あめ》が降《ふ》ってるから、もう証拠《しょうこ》が残《のこ》ってない可能性《かのうせい》もあるけど」

「えっ⁉　それなら、ここに来《き》たのって無駄足《むだあし》じゃん！」

「そうでもない」

光一《こういち》は、遊歩道《ゆうほどう》の脇《わき》に生《は》えた草《くさ》をかきわける。葉《は》っぱに溜《た》まった水《みず》が、レインコートに跳《は》ねた。

ここにもないか。

「すみれは、つっこまれたくないことを聞《き》かれたら、どうする？」

「えっ……うーん。とりあえず、ごまかそうってがんばるけど」

「人《ひと》は、かくしごとがあると、かえって意識《いしき》する性質《せいしつ》がある。自分《じぶん》から話題《わだい》にしてしまったり、物《もの》をかくしてる場所《ばしょ》をちらちら見《み》てしまったりするだろ。おれたちの狙《ねら》いも、それだ」

「それって——」

ガサッ
葉音《はおと》が聞《き》こえて、光一《こういち》はさっと振《ふ》りかえる。橋《はし》の向《む》こうに人影《ひとかげ》が見《み》えて、すぐに動《うご》きを止《と》めた。

グレーのポロシャツ姿《すがた》に、短《みじか》い刈《か》り上《あ》げの男《おとこ》の人《ひと》が、こちらにまっすぐ走《はし》ってくる。

職員《しょくいん》の――大野《おおの》さんか。

大野《おおの》さんは、二人《ふたり》のところまでやってくると、強《つよ》い視線《しせん》で見下《みお》ろす。突然《とつぜん》、ぎこちなく笑《え》みを浮《う》かべると、首《くび》をかしげるすみれに声《こえ》をかけた。

「福永先生《ふくながせんせい》から聞《き》いたんだけど、昨日《きのう》きもだめしで落《お》とした物《もの》を探《さが》してるんだって？」

「はい。陶芸体験《とうげいたいけん》がたまたま早《はや》めに終《お》わって、時間《じかん》が余《あま》ったから」

「どんなものを探《さが》してるんだい？」

「ええっと……」

「青《あお》いストラップです。ウエストポーチに付《つ》けていたのが、外《はず》れて」

「……ふうん。そうなんだ」

本当《ほんとう》は、ポケットにしまってるだけなんだけど。

ウエストポーチに手《て》を触《ふ》れる光一《こういち》を見《み》て、大野《おおの》さんは首《くび》をすくめる。辺《あた》りに目《め》をやると、今度《こんど》は、光一《こういち》へと親《した》しげに笑《わら》いかけた。

「あとは、オレが探《さが》しておくよ。次《つぎ》の活動《かつどう》に遅《おく》れたら、大変《たいへん》だ」

「えっ、でも……」

「わかりました。それじゃあ、よろしくお願《ねが》いします」

光一《こういち》は、すみれの声《こえ》をさえぎって、ぺこりと頭《あたま》を下《さ》げる。すぐに来《き》た道《みち》を戻《もど》りはじめると、追《お》いかけてきたすみれが、光一《こういち》の耳《みみ》にそっとささやいた。

「光一《こういち》、もしかして」

「ああ。たぶん、あの人《ひと》が犯人《はんにん》の一人《ひとり》だ」

やっぱり、来《く》ると思《おも》ったんだ。

放置《ほうち》しておいたしかけが発見《はっけん》されていないか、確認《かくにん》しに。

光一《こういち》は、どきどきと胸《むね》を鳴《な》らしながら、駆《か》け足《あし》で橋《はし》を渡《わた》りきる。板張《いたば》りの遊歩道《ゆうほどう》をしばらく進《すす》んで、木《き》のかげから様子《ようす》をうかがった。

橋《はし》の向《む》こうでは、大野《おおの》さんが落《お》とし物《もの》を探《さが》すように、木《き》や草《くさ》のかげをがさがさと漁《あさ》っている。

でも、その動《うご》きは適当《てきとう》で、とてもストラップを探《さが》しているようには見《み》えない。

大野《おおの》さんが、突然《とつぜん》振《ふ》りかえって、光一《こういち》とすみれは、さっと草《くさ》のかげにかくれる。
一、二、三、四――五秒《びょう》くらい待《ま》てば、だいじょうぶか。

光一《こういち》は、様子《ようす》を探《さぐ》りながら、そろりと顔《かお》を出《だ》す。

大野《おおの》さんは周囲《しゅうい》を警戒《けいかい》しながら橋《はし》へと近《ちか》づいている。幽霊《ゆうれい》が出《で》た辺《あた》りで膝《ひざ》をつくと、道《みち》の脇《わき》から橋《はし》の下《した》をのぞきこんだ。

──あそこか。

光一《こういち》は、すぐに遊歩道《ゆうほどう》の脇《わき》から川辺《かわべ》へと下《お》りる道《みち》へ入《はい》りこむ。草《くさ》をかきわけながら土手《どて》を下《お》りて、草《くさ》むらのかげから橋《はし》を見上《みあ》げた。

「あっ、あれ！」

すみれが、橋《はし》の裏側《うらがわ》を指《ゆび》さす。橋《はし》げたにくくりつけられたものを見《み》て、目《め》を丸《まる》くした。

質《しつ》の悪《わる》い合成繊維《ごうせいせんい》でできた黒髪《くろかみ》に、安物《やすもの》の白《しろ》いワンピース。マネキンらしい手足《てあし》の白《しろ》い塗装《とそう》は、ところどころはがれていた。

昼間《ひるま》に見《み》ると、どうってことない。

ただの人形《にんぎょう》──あれが、幽霊《ゆうれい》の正体《しょうたい》か。

「これで、全部《ぜんぶ》わかった」

★12 作戦会議《さくせんかいぎ》は悪《わる》だくみ

宿泊棟《しゅくはくとう》は夕方《ゆうがた》になって、どこも一番《いちばん》にぎわっている。その喧騒《けんそう》の中《なか》、光一《こういち》は、怒《おこ》られない程度《ていど》の小走《こばし》りで階段《かいだん》を上《あ》がっていた。

思《おも》ったより手間《てま》取《ど》ったな。早《はや》く行《い》かないと、大事《だいじ》な時間《じかん》がなくなる。

見《み》えてきた入《い》り口《ぐち》から、息《いき》を切《き》らしたまま談話室《だんわしつ》に飛《と》びこむ。部屋《へや》には、次《つぎ》の星空観察《ほしぞらかんさつ》までの時間《じかん》をつぶすクラスメイトの姿《すがた》がちらほら見《み》えた。

でも、宿泊《しゅくはく》する部屋《へや》でくつろいだり、付属《ふぞく》の小《ちい》さな体育館《たいいくかん》で遊《あそ》んだりする人《ひと》が多《おお》いのか、予想《よそう》より人影《ひとかげ》は少《すく》ない。みんな、入浴時間《にゅうよくじかん》の後《あと》なので、さっぱりした顔《かお》で楽《たの》しそうに話《はな》している。

部屋《へや》の奥《おく》にあるソファに、すみれとクリス、健太《けんた》が向《む》かい合《あ》わせで座《すわ》っている。和馬《かずま》は、背中《せなか》合《あ》わせの別《べつ》のソファに腰《こし》を下《お》ろしていた。

健太《けんた》と和馬《かずま》は、就寝用《しゅうしんよう》のT《ティー》シャツにハーフパンツ。すみれは、チェックのパジャマ。

クリスは、フリルがついた淡《あわ》いピンク色《いろ》の……これってパジャマ、だよな？

えりやすそに細《こま》かくフリルが入《はい》っていて、パジャマかどうか自信《じしん》がない。

って、なんですみれとクリスは部屋着《へやぎ》を着《き》てるんだ？

困《こま》ったように、光一《こういち》は目《め》を細《ほそ》める。クリスが、顔《かお》を赤《あか》くしながらあわてて手《て》を振《ふ》った。

「あっ、ええっと、これは……」

「あたしたち、もともとこの自由時間《じゆうじかん》にパジャマパーティーをするつもりだったわけ。だけど、作戦会議《さくせんかいぎ》しないとでしょ？　だいじょうぶ、この後《あと》の星空観察《ほしぞらかんさつ》では、また着替《きが》えるから」

あきらめるっていう選択肢《せんたくし》は、なかったのか。

なんか、気《き》が抜《ぬ》けるな。これから、けっこう大事《だいじ》な話《はなし》をするんだけど。

光一《こういち》は、健太《けんた》の横《よこ》に座《すわ》る。和馬《かずま》の背《せ》を、軽《かる》く振《ふ》りかえった。

「和馬《かずま》。頼《たの》んでたことだけど――」

「もう終《お》わらせてある。裏《うら》の倉庫《そうこ》だ」

「助《たす》かる」

「で、光一《こういち》は、あたしたちを待《ま》たせて何《なに》してたわけ？」

「職員《しょくいん》の事務室《じむしつ》に、タイムスケジュールを確認《かくにん》しに行《い》ってたんだ。壁《かべ》に貼《は》ってあったから、調《しら》べやすくて助《たす》かった。途中《とちゅう》で福永先生《ふくながせんせい》と遭遇《そうぐう》して、思《おも》ったより時間《じかん》がかかったけど」

「……犯人《はんにん》は、だれかわかったの？」

クリスの言葉《ことば》に、光一《こういち》は強《つよ》くうなずく。携《たずさ》えてきたノートを開《ひら》いて、ペンを走《はし》らせた。

「犯人《はんにん》は、幽霊《ゆうれい》の調査《ちょうさ》の様子《ようす》を見《み》に来《き》た職員《しょくいん》の大野《おおの》さん。そして、きもだめしの入《い》り口《ぐち》で案内《あんない》をしていた、飯田《いいだ》さんだ。飯田《いいだ》さんは、キャンプファイヤーの土台組《どだいぐ》みもやってたし、タイムスケジュールによると、二人《ふたり》はよくペアで仕事《しごと》してる。抜《ぬ》けだすには、協力者《きょうりょくしゃ》が不可欠《ふかけつ》だから、どちらかが引《ひ》きこんだのかもしれないな」

「小倉《おぐら》さんは違《ちが》うんだね〜。よかったあ」

「昨日《きのう》のきもだめしで、小倉《おぐら》さんはゴール地点《ちてん》で点呼《てんこ》をしていたから、幽霊《ゆうれい》を操作《そうさ》するのは難《むずか》しいと思《おも》う」

「でも、動機《どうき》がわからない」

和馬《かずま》が、鋭《するど》く目《め》を細《ほそ》めると、抑《おさ》えた声《こえ》でつぶやいた。

「何《なん》のためにこんなことをしたんだ？　施設《しせつ》に不満《ふまん》があるだけでは、説明《せつめい》できないだろう」

「じつはそれに関《かん》しても、健太《けんた》のおかげで——もうわかってるんだ」

「えっ、ぼく？」

健太《けんた》が、きょとんとしながら、自分《じぶん》の顔《かお》を指《ゆび》さす。光一《こういち》は、トントンと、ペンの後《うし》ろでノートをたたいた。

「ここからは、おれの推測《すいそく》だけど、犯人《はんにん》の二人《ふたり》は、おれたちの宿泊《しゅくはく》のタイミングから、方針《ほうしん》を変《か》えてる。本当《ほんとう》にけが人《にん》を出《だ》して——施設《しせつ》をつぶすつもりだ」

人影《ひとかげ》を見《み》たり、声《こえ》を聞《き》いたり、呪《のろ》いの手紙《てがみ》を見《み》たり。委員長《いいんちょう》から聞《き》いた幽霊《ゆうれい》のウワサは、どれも驚《おどろ》くには十分《じゅうぶん》だし悪質《あくしつ》だけど、実害《じつがい》は少《すく》ない。

だけど、方位磁針《ほういじしん》やキャンプファイヤーの件《けん》は、一歩間違《いっぽまちが》えば、けがではすまなかった。

確実《かくじつ》に、中身《なかみ》がエスカレートしてる。

「でも、あの人《ひと》たちがやってきたことや動機《どうき》を指摘《してき》しただけじゃ、証拠《しょうこ》にはならない。たぶん、うやむやにされて終《お》わりだ」

「とにかく！」

突然上《とつぜんあ》がった大声《おおごえ》に、光一《こういち》はびくっとする。すみれが、ソファを揺《ゆ》らして立《た》ちあがっていた。

「あたしたちの宿泊体験《しゅくはくたいけん》をめっちゃくちゃにするなんて、絶対《ぜったい》に許《ゆる》せない！　しかも、人《ひと》をおどかすなんて……っ！」

……なんだか、いつもの何十倍《なんじゅうばい》も機嫌《きげん》が悪《わる》いな。

幽霊《ゆうれい》でおどかされたこと、よっぽど怒《おこ》ってるのか。

ほおを膨《ふく》らませたすみれが、光一《こういち》につめよる。鋭《するど》い目《め》つきで、瞳《ひとみ》をのぞきこんだ。

パジャマだから、あんまり決《き》まってないけど。

「もちろん、ばっちりやりかえす作戦《さくせん》があるんだよね？」

「当《あ》たり前《まえ》だ」

原因《げんいん》の半分《はんぶん》は健太《けんた》のドジとはいえ、おれたちも危《あや》うく遭難《そうなん》しかけたんだ。

けがだってするところだったし、ちょっとくらいやりかえしても、ばちは当《あ》たらないだろ。

おれたちの宿泊体験《しゅくはくたいけん》を利用《りよう》しようとしたことを、後悔《こうかい》させてやる。

光一《こういち》は、最後《さいご》まで一気《いっき》にメモを書《か》きおえて、紙《かみ》を破《やぶ》りとる。気《き》がつくと、みんなが光一《こういち》の顔《かお》をじっと見《み》つめていた。

「それで、どんな作戦《さくせん》なの……？」

それはもちろん――最高《さいこう》に楽《たの》しめる作戦《さくせん》だ。

「もう一度《いちど》、きもだめしをやるんだ。おれたち、世界一《せかいいち》クラブで」

光一《こういち》は、ポケットからもう一枚《まい》の紙《かみ》を取《と》りだす。にっと笑《わら》いながら、首《くび》をかしげるクリスにひらひらとかざして見《み》せた。

13 美少女《びしょうじょ》からの招待状《しょうたいじょう》

「つたく、ぜんぜんうまくいかねえ」

大野《おおの》は、ぶつぶつと悪態《あくたい》をつきながら、宿泊棟《しゅくはくとう》を歩《ある》いていた。

三ツ谷小《みつやしょう》の子《こ》どもたちは、星空観察前《ほしぞらかんさつまえ》の事前学習《じぜんがくしゅう》VTR《ブイティーアール》を見《み》るために、視聴覚室《しちょうかくしつ》に移動《いどう》している。他《ほか》の職員《しょくいん》もそれぞれの仕事《しごと》をしているから、隣《となり》を歩《ある》く飯田《いいだ》以外《いがい》に人影《ひとかげ》はなかった。

「そういえば、飯田《いいだ》。おまえ、橋《はし》にかくしておいたあの人形《にんぎょう》は回収《かいしゅう》したか？」

「そ、それが……さっき取《と》りにいったら、いつの間《ま》にかなくなってて……」

「ああ!? 何《なに》やってんだ。見《み》つかったら、めんどうだろうが。チッ今回《こんかい》はうまくいかねえな。ミステリーアドベンチャーでは、壊《こわ》れた方位磁針《ほういじしん》を一つ交《ま》ぜたのに、遭難《そうなん》するどころか時間内《じかんない》に戻《もど》ってきやがったし」

「クイズは全問正解《ぜんもんせいかい》だったし、どうやったんだろうなあ。あ、でもあの方位磁針《ほういじしん》を配《くば》った班《はん》の、腕時計《うでどけい》をした男子《だんし》。キャンプファイヤーのときも邪魔《じゃま》したのって、あいつでしたね。もしかして、何《なに》か気《き》づいたんじゃ……」

「そんなわけないだろ。ガキにビビってどうするんだ？」

大野《おおの》は、ぼそぼそとしゃべる飯田《いいだ》を鼻《はな》で笑《わら》う。施設《しせつ》の鍵《かぎ》を、ポケットの中《なか》でじゃらじゃらと鳴《な》らした。

それにしても、幽霊《ゆうれい》の人形《にんぎょう》がなくなったのは気《き》になる。いったい、どこに消《き》えやがったんだ。

「大野《おおの》さん、飯田《いいだ》さん」

はあ、また仕事《しごと》か。

背後《はいご》から名前《なまえ》を呼《よ》ばれて、大野《おおの》はしぶしぶ足《あし》を止《と》める。横《よこ》を並《なら》んでいた飯田《いいだ》と、ゆっくりと振《ふ》りかえった。

薄暗《うすぐら》い廊下《ろうか》の真《ま》ん中《なか》に、ぽつんと女《おんな》の子《こ》が立《た》っている。髪《かみ》の毛《け》をさらりと下《お》ろしたその子《こ》は、困《こま》ったように二人《ふたり》を見上《みあ》げていた。

こんな子《こ》、今来《いまき》ている子《こ》どもの中《なか》にいたか？　一度見《いちどみ》たら、忘《わす》れられなそうなくらい、かわいいけど。

飯田《いいだ》も同《おな》じように思《おも》ったのか、小《ちい》さく首《くび》をかしげている。

けれど、無視《むし》してもしょうがない。

大野《おおの》は仕事用《しごとよう》の笑顔《えがお》を作《つく》ると、女《おんな》の子《こ》の前《まえ》に腰《こし》をかがめた。

「えぇっと、どうかしたのかな？　今《いま》の時間《じかん》は視聴覚室《しちょうかくしつ》にいるはずだよね」

「あの、これを渡《わた》すように言《い》われたんですけど……」

女《おんな》の子《こ》が、すっと大野《おおの》に手《て》を差《さ》しだす。丁寧《ていねい》に折《お》りたたまれた紙《かみ》が、のぞいていた。

家族《かぞく》あての手紙作成《てがみさくせい》の、余《あま》りみたいだな。まさか、ラブレターってことはないだろうが──。

「……オレに？」

たずねると、女《おんな》の子《こ》が自信《じしん》なさそうにうなずく。大野《おおの》が首《くび》の後《うし》ろをかきながら、黙《だま》って受《う》けとると、一瞬《いっしゅん》、女《おんな》の子《こ》の瞳《ひとみ》がきらりと光《ひか》った気《き》がした。

「さっき、そこの廊下《ろうか》を歩《ある》いていたら、女《おんな》の子《こ》に会《あ》ったんです。白《しろ》いワンピースの女《おんな》の子《こ》に」

白《しろ》いワンピースの女《おんな》の子《こ》って。

紙《かみ》を開《ひら》こうとした手《て》が、ぴたりと止《と》まる。

オレたちが考《かんが》えた幽霊《ゆうれい》と同《おな》じだ。

「……同《おな》じ学校《がっこう》の子《こ》？」

「いいえ、見《み》たことがない子《こ》でした。黒《くろ》い髪《かみ》がとってもきれいで。廊下《ろうか》で手招《てまね》きしてきて、この手紙《てがみ》を、大野《おおの》さんと飯田《いいだ》さんに渡《わた》してほしいって頼《たの》んできたんです。大切《たいせつ》な手紙《てがみ》だからって」

……もしかして、嘘《うそ》か？

大野《おおの》は、少《すこ》し威圧的《いあつてき》な視線《しせん》で女《おんな》の子《こ》を見下《みお》ろす。女《おんな》の子《こ》は、その視線《しせん》にびくっとしたものの、心底不思議《しんそこふしぎ》そうに大野《おおの》の瞳《ひとみ》を見《み》つめた。

「どうかしましたか？」

「いや」

「あっ、いけない」

突然《とつぜん》、女《おんな》の子《こ》が澄《す》んだ声《こえ》を上《あ》げる。二人《ふたり》へ、ぺこりと丁寧《ていねい》に頭《あたま》を下《さ》げると、きびすを返《かえ》した。

「それじゃあ、わたし視聴覚室《しちょうかくしつ》に戻《もど》らないといけないので」

女《おんな》の子《こ》の足音《あしおと》が、廊下《ろうか》を遠《とお》ざかっていく。その姿《すがた》が見《み》えなくなってから、大野《おおの》がもう一度《いちど》手紙《てがみ》を見《み》かえすと、横《よこ》で飯田《いいだ》が震《ふる》えた声《こえ》を上《あ》げた。

「大野《おおの》さん、その手紙《てがみ》って……もしかしておれたちが考《かんが》えた幽霊《ゆうれい》の」

「はあ？　ばかばかしい。どうせ、ただのお礼《れい》の手紙《てがみ》とか――」

大野《おおの》は、片手《かたて》で乱雑《らんざつ》に紙《かみ》を開《ひら》く。書《か》かれていた不気味《ぶきみ》な文字《もじ》に、思《おも》わず目《め》を見開《みひら》いた。


こんばんは。

わたしがだれか、わかるよね？

だって、わたしを作《つく》ったのは、あなたたち二人《ふたり》なんだもの。

せっかくだから、二人《ふたり》も、わたしの仲間《なかま》にしてあげる。

あとで、迎《むか》えに行《い》くから。

待《ま》っ て て ね 。


「げえっ、なんだこれ⁉」

「落《お》ちつけ。どうせ、いたずらだ！」

「でも、さっきの子《こ》、いたずらってかんじじゃなかったですよ。そもそも、あんな子《こ》に見覚《みおぼ》えがないし……」

「なんだよ。じゃあ、オレたちが作《つく》った幽霊《ゆうれい》が、本当《ほんとう》に出《で》たっていうのか⁉」

「ほら、よく言《い》うじゃないですか。幽霊《ゆうれい》の話《はなし》をしてたら……本物《ほんもの》が来《き》ちゃうって！」

飯田《いいだ》が、ぶるぶると肩《かた》を震《ふる》わせる。

ちくしょう。この意気地《いくじ》なしが！

「なっ、なんでもねえ。こんなものっ」

大野《おおの》は、両手《りょうて》で手紙《てがみ》をくしゃくしゃと丸《まる》める。窓《まど》の外《そと》へ向《む》かって、思《おも》いっきり放《ほう》りなげた。

「ああっ、いいんですか!? そんなことしたら、本当《ほんとう》にたたられるかも！」

「だから、いたずらだって言《い》ってるだろ！ それより問題《もんだい》なのは、オレたちが幽霊《ゆうれい》の真似事《まねごと》をやってたって気《き》づいたやつがいることだ。飯田《いいだ》、おまえ何《なに》かヘマしたんじゃないだろうな！」

「おれは、何《なに》もしてませんよ！ 先月《せんげつ》の呪《のろ》いの手紙《てがみ》や窓《まど》に人影《ひとかげ》を出《だ》すのと同《おな》じように、今回《こんかい》も大《おお》野《の》さんの指示通《しじどお》りにやっただけで。キャンプファイヤーの薪《まき》への細工《さいく》だって……」

飯田《いいだ》が、半泣《はんな》きで悲鳴《ひめい》を上《あ》げる。その声《こえ》は、薄暗《うすぐら》い廊下《ろうか》にわんわんと反響《はんきょう》した。

よかった、すごく驚《おどろ》いてくれて。

星空観察《ほしぞらかんさつ》の映像上映中《えいぞうじょうえいちゅう》に、みんなでこっそり抜《ぬ》けだしたかいがあったみたい。

廊下《ろうか》の角《かど》の向《む》こうで壁《かべ》に張《は》りついていたクリスは、二人《ふたり》の会話《かいわ》をスマホで録音《ろくおん》しながら、息《いき》をつめて耳《みみ》をそばだてた。

いま渡《わた》したのは、光一《こういち》が午後《ごご》の手紙作成《てがみさくせい》の時間《じかん》に作《つく》った、幽霊《ゆうれい》からの手紙《てがみ》だ。

クリスの最初《さいしょ》の仕事《しごと》は、この呪《のろ》いの手紙《てがみ》を二人《ふたり》に届《とど》けること。

この施設《しせつ》に来《き》て以来《いらい》、眼鏡《めがね》は外《はず》していなかったから、効果《こうか》は十分《じゅうぶん》だ。

「二人《ふたり》を動揺《どうよう》させて、ついでに自白《じはく》も手《て》に入《い》れられればと徳川《とくがわ》くんは言《い》っていたけど……大成功《だいせいこう》ね」

いつもは、人《ひと》に驚《おどろ》かされることが多《おお》いから、さっき自分《じぶん》が渡《わた》した手紙《てがみ》であわてふためく二人《ふたり》を見《み》るのは、ちょっとだけこそばゆい。

きもだめしは、おどかす側《がわ》も楽《たの》しいのね。あとは……。

クリスは、光一《こういち》から手渡《てわた》されたもう一枚《まい》の紙《かみ》をひらりと取《と》りだす。紙《かみ》いっぱいに、几帳面《きちょうめん》な読《よ》みやすい文字《もじ》で台本《だいほん》が書《か》かれていた。

これを、今《いま》から仕上《しあ》げの時間《じかん》までに覚《おぼ》えないと……でも、読《よ》むだけでこわくなりそう。

徳川《とくがわ》くん、やけに手慣《てな》れていたけど、何《なに》かを参考《さんこう》にして書《か》いたのかしら……？

薄暗《うすぐら》い廊下《ろうか》で、手元《てもと》のスマホがちかちかと光《ひか》る。クリスは、さっと画面《がめん》に目《め》を落《お》とした。

すみれからの、メッセージだ。

『クリス、どう？　手紙渡《てがみわた》せた？』

『今《いま》、渡《わた》しおわって様子《ようす》を探《さぐ》ってるところ』

送信《そうしん》ボタンを押《お》そうとして、いったん手《て》を止《と》める。

すみれは今《いま》ごろ……あそこに向《む》かってるのよね。

少《すこ》し迷《まよ》って、一文《いちぶん》を書《か》きくわえる。読《よ》みなおしてから、画面《がめん》に指《ゆび》を伸《の》ばした。

『すみれは、一人《ひとり》でほんとうにだいじょうぶ？』

送信《そうしん》。

「うるせえ！」

背後《はいご》から、びりびりと震《ふる》えるような声《こえ》が聞《き》こえてびくっとする。少《すこ》しだけ顔《かお》を出《だ》してのぞくと、大野《おおの》と飯田《いいだ》がそれぞれ別《べつ》の方向《ほうこう》へ歩《ある》きはじめていた。

いけない。そろそろわたしも行《い》かないと。

クリスは、スマホの録音《ろくおん》を停止《ていし》する。準備《じゅんび》していた光一《こういち》宛《あ》てのメッセージを呼《よ》びだして、送信《そうしん》ボタンを押《お》した。

『呪《のろ》いの手紙《てがみ》は渡《わた》しました。今《いま》から、飯田《いいだ》さんと大野《おおの》さんが、次《つぎ》のポイントへ移動《いどう》します』

「……よしっと」

みんなでのきもだめし、がんばらないと。

ちょっと、胸《むね》がどきどきする。クリスは口元《くちもと》に笑《え》みを浮《う》かべると、足早《あしばや》に廊下《ろうか》を駆《か》けぬけた。

14 忍《しの》びのエンタメホラー!?

本当《ほんとう》に、こんなことで驚《おどろ》くのか？

体育館《たいいくかん》の入《い》り口《ぐち》の脇《わき》にあるカーテンのかげにかくれながら、和馬《かずま》は心《こころ》の中《なか》でつぶやいた。

星空観察《ほしぞらかんさつ》が始《はじ》まるまでみんなが遊《あそ》んでいた体育館《たいいくかん》も、今《いま》はしんと静《しず》まりかえっている。

徳川《とくがわ》の――光一《こういち》の作戦《さくせん》は、基本的《きほんてき》には信用《しんよう》している。

けれど、自分《じぶん》は幽霊《ゆうれい》だとか、そういうものをこわいと思《おも》ったことがない。だから、説明《せつめい》を聞《き》いても、あまりぴんとこなかった。

ドアをはさんで反対側《はんたいがわ》に視線《しせん》を送《おく》る。健太《けんた》が動《うご》くのに合《あ》わせて、カーテンがもぞもぞと揺《ゆ》れた。

「ふふっ、ふふふ」

「……健太《けんた》。そろそろ飯田《いいだ》が来《く》る」

「あっ、そっか。ちゃんとかくれておかないとね。作戦《さくせん》を始《はじ》める前《まえ》に見《み》つかったら、大変《たいへん》だし。

でも、つい楽《たの》しみでさあ」

黒《くろ》いカーテンから、健太《けんた》の楽《たの》し気《げ》な声《こえ》が聞《き》こえる。顔《かお》は見《み》えないが、きっといつものように陽《よう》気《き》に笑《わら》っているに違《ちが》いない。

こつこつと、廊下《ろうか》から足音《あしおと》が聞《き》こえてくる。和馬《かずま》は息《いき》を止《と》めて、静《しず》かに身《み》を固《かた》めた。かたく、目《め》を閉《と》じる。

ガラガラ……

体育館中《たいいくかんじゅう》に、ドアが開《ひら》く重《おも》い音《おと》が響《ひび》く。カーテンの向《む》こうから、飯田《いいだ》のはあっというため息《いき》がした。

「空《あ》き時間《じかん》に遊《あそ》ぶのは構《かま》わないんだけど、片《かた》づけてくれないとなあ……」

情《なさ》けない声《こえ》を出《だ》しながら、飯田《いいだ》がだらだらと体育館《たいいくかん》の中《なか》に足《あし》を踏《ふ》みいれる。

体育館《たいいくかん》には、コートを作《つく》るためのポールや、ボールのカゴが散乱《さんらん》している。カーテンのすきまからのぞくと、ちょうど飯田《いいだ》が、体育館《たいいくかん》の真《ま》ん中《なか》に落《お》ちているバスケットボールに近《ちか》づいていた。

今《いま》だ。

和馬《かずま》は、音《おと》もなくカーテンから飛《と》びだす。そばにあった電気《でんき》のスイッチを一気《いっき》にオフにすると、体育館《たいいくかん》が一瞬《いっしゅん》で闇《やみ》に落《お》ちた。

「わっ!? 停電《ていでん》か?」

カーテンの閉《と》じられた体育館《たいいくかん》の照明《しょうめい》が消《き》えると、そこはもう真《ま》っ暗闇《くらやみ》だ。

けれど、目《め》を閉《と》じていたから、和馬《かずま》にとっては完全《かんぜん》に見《み》えないほどではない。

飯田《いいだ》が、体育館《たいいくかん》の真《ま》ん中《なか》で立《た》ちどまったまま左右《さゆう》を見《み》わたしている。和馬《かずま》は、体育館《たいいくかん》の角《かど》へ向《む》かうと、見《み》つかりにくいように腰《こし》をかがめた。

その間《あいだ》に、カーテンからなんとかはいだした健太《けんた》が、反対側《はんたいがわ》の壁《かべ》ぎわにたどりつく。真《ま》っ暗《くら》ななか、和馬《かずま》に向《む》かってへらっと笑《わら》った。

緊張感《きんちょうかん》がない。本当《ほんとう》にだいじょうぶなのか？

暗闇《くらやみ》の中《なか》で、健太《けんた》がない袖《そで》をまくるポーズをする。すっと息《いき》を吸《す》いこむと、満面《まんめん》の笑《え》みで大口《おおぐち》を開《あ》けた。


「飯田《いいだ》さん、待《ま》ってたわ……」


……オレが間違《まちが》っていた。健太《けんた》の声真似《こえまね》は、やはり普通《ふつう》じゃない迫力《はくりょく》がある。

健太《けんた》の出《だ》した声《こえ》は、あくまでか細《ぼそ》いのに、その声《こえ》は体育館中《たいいくかんじゅう》に反響《はんきょう》する。女《おんな》の幽霊《ゆうれい》の声《こえ》に囲《かこ》まれた飯田《いいだ》は、拾《ひろ》ったバスケットボールを取《と》りおとした。

「ひっ、だっ、だれだ!?」

「ひどいわ。あなたでしょ？　わたしを作《つく》ったのは……」

「いっ、いたずらはやめてください！」

何《なに》も見《み》えない飯田《いいだ》が、体育館《たいいくかん》の真《ま》ん中《なか》で引《ひ》きつった声《こえ》で叫《さけ》ぶ。

和馬《かずま》は、足音《あしおと》を消《け》して壁《かべ》沿《ぞ》いを進《すす》む。壁《かべ》に立《た》てかけられていたポールに、そっと触《ふ》れた。

ガタン、ガタガタッ
「ひいいいっ！」

和馬《かずま》は首《くび》をかしげながら、つぎつぎにポールやカゴに触《ふ》れていく。そのたびに、立《た》ちつくした飯田《いいだ》がさらに小《ちい》さくなっていった。

そんなに、こわいものか？　光一《こういち》も、こんなことを考《かんが》えつくなんて、意外《いがい》と人《ひと》が悪《わる》いな。

「許《ゆる》してくれ！　お、おれは悪《わる》くないっ。大野《おおの》に言《い》われてやっただけなんだ！　ホントだ！」

飯田《いいだ》は、走《はし》って逃《に》げだそうと辺《あた》りを見《み》まわす。けれど、まだ視界《しかい》がきかないのか、数歩《すうほ》進《すす》んでまた元《もと》の位置《いち》に戻《もど》った。

「おっ……おれも仕事《しごと》でむしゃくしゃすることもあったし、ちょっとくらい人《ひと》を困《こま》らせてもいいだろうって」

「利用《りよう》したのね、わたしを……」

「だから、それは悪《わる》かったよ！　でっ、でも恨《うら》むなら、おれじゃなくて大野《おおの》にしてくれ！　おお、おれは悪《わる》くないし」

「おぎょうぎが悪《わる》いわ……あれ、おぎょうぎじゃなくて、おしょうゆ？　ええっとなんだっけ」

「……往生際《おうじょうぎわ》？」

「ああ、そうよ。それだわっ！」

健太《けんた》が、一際《ひときわ》大《おお》きな声《こえ》を出《だ》す。頭《あたま》の中《なか》に響《ひび》くように、体育館中《たいいくかんじゅう》が健太《けんた》の声《こえ》でいっぱいになった。

「わあっ！」

「今《いま》からあなたにとりついてあげる……わたしたち、これからずっといっしょよ……」

「やめろ！　やめてくれっ」

「さあ、おともだちになりましょう……！」

おどろおどろしい女《おんな》の声《こえ》を出《だ》しながら、健太《けんた》が暗闇《くらやみ》の中《なか》でほがらかに笑《わら》う。和馬《かずま》に見《み》えるように、両腕《りょううで》で大《おお》きくOK《オーケー》サインをした。

そろそろ、潮時《しおどき》か。

和馬《かずま》は、軽《かる》く屈《かが》んで跳躍《ちょうやく》すると、壁《かべ》を伝《つた》って、体育館《たいいくかん》を囲《かこ》む半《はん》二階《かい》へ上《あ》がりこむ。自分《じぶん》の宿泊《しゅくはく》

部屋《べや》から持《も》ってきておいた、真《ま》っ白《しろ》なシーツを広《ひろ》げた。

飯田《いいだ》の頭上《ずじょう》へ向《む》かって、ばさりと勢《いきお》いよく放《ほう》りなげる。

ひらり、と舞《ま》ったシーツが飯田《いいだ》におおいかぶさる直前《ちょくぜん》に、和馬《かずま》はすっとベルトの裏《うら》から棒手裏《ぼうしゅり》
剣《けん》を引《ひ》き抜《ぬ》いた。

集中《しゅうちゅう》して、ぐっと息《いき》を止《と》める。

狙《ねら》うのは——あらかじめ天井《てんじょう》に吊《つ》りさげておいた、バレーやバスケなんかのネットの山《やま》。

それを支《ささ》える、縄《なわ》の結《むす》び目《め》だ。

指先《ゆびさき》から寸分《すんぶん》たがわず放《はな》った棒手裏剣《ぼうしゅりけん》が、さっと結《むす》び目《め》をきれいに引《ひ》きぬく。吊《つ》りあげていたネットが、白《しろ》いシーツの上《うえ》から飯田《いいだ》へ山《やま》と降《ふ》りそそいだ。

「ぎゃああああああっ!!」

ネットとシーツの山《やま》の中《なか》で、飯田《いいだ》が叫《さけ》びながら押《お》しつぶされていく。その悲鳴《ひめい》は、あっという間《ま》に消《き》え、すぐにさきほどまでの静寂《せいじゃく》が戻《もど》った。

「ねえ、和馬《かずま》くん。どうだった!?」

一階《かい》に降《お》りたつと、声《こえ》をひそめた健太《けんた》がうれしそうに駆《か》けよってくる。和馬《かずま》は二人並《ふたりなら》んで、飯《いい》田《だ》をそっと見下《みお》ろした。

「十分《じゅうぶん》、こわかったと思《おも》う。少《すく》なくとも――コイツは」

思《おも》い込《こ》みというのは、こわいものなんだな。

和馬《かずま》が、ネットとシーツを勢《いきお》いよくはぎとると、飯田《いいだ》は完全《かんぜん》に気絶《きぜつ》して、倒《たお》れこんでいた。

15 本当《ほんとう》に、いる？

光一《こういち》は、ふうっと息《いき》をはきながら倉庫《そうこ》にスコップをしまう。土木作業用《どぼくさぎょうよう》の大型《おおがた》のものは、思《おも》ったより重《おも》かった。

正直《しょうじき》、腕《うで》がつかれた。もうちょっと、日頃《ひごろ》から運動《うんどう》しないとな。

スコップと入《い》れかえるように、倉庫《そうこ》の裏《うら》にかくしておいた袋《ふくろ》を引《ひ》っぱりだす。

和馬《かずま》に移動《いどう》してもらっていたもの。橋《はし》の下《した》にくくりつけられていた、幽霊《ゆうれい》の人形《にんぎょう》だ。

これで必要《ひつよう》なものは全部《ぜんぶ》そろったな。

あとは、クリスと準備《じゅんび》の仕上《しあ》げをして、すみれが帰《かえ》ってくるのを待《ま》つだけか。

近道《ちかみち》をしようと、施設《しせつ》の中《なか》を通《とお》りぬける。脇《わき》には、明《あ》かりの点《つ》いていない真《ま》っ暗《くら》な廊下《ろうか》が続《つづ》いていて、思《おも》わず足《あし》を止《と》めた。

幽霊《ゆうれい》はいないと思《おも》っていても、不気味《ぶきみ》に感《かん》じる。

荷物《にもつ》を背負《せお》いなおすと、袋越《ふくろご》しに人形《にんぎょう》の手《て》が背中《せなか》にぞわりと当《あ》たった。

これがすみれなら、飛《と》びあがってるな。

「……まあ、だいじょうぶだよな」

やることは何度《なんど》も説明《せつめい》したし。何《なに》より、今回《こんかい》の作戦《さくせん》を成功《せいこう》させるには、この分担《ぶんたん》しかない。

光一《こういち》は、真《ま》っ暗《くら》な廊下《ろうか》から視線《しせん》をそらす。気《け》だるそうに、一歩《ぽ》踏《ふ》みだした。

おれも、そろそろ行《い》かないと——。

キュッ
なんだ、今《いま》の音《おと》。

背《せ》を向《む》けた廊下《ろうか》から、何《なに》かが擦《す》れたような音《おと》が聞《き》こえて、踏《ふ》みだした二歩目《ほめ》を止《と》める。

たぶん、ネズミか何《なに》かだと思《おも》うけど。

この宿泊施設《しゅくはくしせつ》は山《やま》の中《なか》にあるし、ボロい。小《ちい》さい野生動物《やせいどうぶつ》がまぎれこむことは十分《じゅうぶん》にある。

何《なに》より、一人《ひとり》で不安《ふあん》になっているせいでの聞《き》き間違《まちが》いってことも——。

キュッ、キュ
背後《はいご》に集中《しゅうちゅう》した耳《みみ》が、また同《おな》じような音《おと》をとらえる。

……聞《き》き間違《まちが》いじゃない。

どうする？　無視《むし》して先《さき》に進《すす》むか。

でも、もしかしたら——本当《ほんとう》に幽霊《ゆうれい》がいるかどうか、確認《かくにん》するチャンスかもしれない。

光一《こういち》は、静《しず》かに息《いき》をのむ。自分《じぶん》でもはっきり聞《き》こえるくらい、のどが鳴《な》った。

見《み》て、確認《かくにん》するだけだ。
一、二の……三！
肩《かた》から勢《いきお》いよく、後《うし》ろを振《ふ》りむく。手《て》に持《も》っていた懐中電灯《かいちゅうでんとう》を、廊下《ろうか》の先《さき》に向《む》けた。

懐中電灯《かいちゅうでんとう》の白《しろ》くて丸《まる》い光《ひかり》が、手《て》の動《うご》きに合《あ》わせて暗闇《くらやみ》の中《なか》をさまよう。一番奥《いちばんおく》に狙《ねら》いをつけると、廊下《ろうか》のつきあたりで赤《あか》い何《なに》かが光《ひかり》を反射《はんしゃ》した。

瞳《ひとみ》だ——ネズミの。

食堂《しょくどう》からくすねたのか、小《ちい》さな野菜《やさい》くずをくわえたネズミが、光《ひかり》に驚《おどろ》いて走《はし》りさっていく。

光一《こういち》は、肩《かた》から力《ちから》を抜《ぬ》いて、はあっとため息《いき》をついた。

……ちょっと幽霊《ゆうれい》なんじゃないかって期待《きたい》したけど。

「まあ、こんなもんだよな」

トン

「——っ!?」

肩《かた》に手《て》を置《お》かれて、出《で》かかった声《こえ》をぎりぎりのところでのみこむ。

今《いま》——足音《あしおと》なんてしなかったよな。

肩《かた》に乗《の》った手《て》の感触《かんしょく》で、背筋《せすじ》がぞっとする。

光一《こういち》は、力《ちから》いっぱい懐中電灯《かいちゅうでんとう》をにぎると、すばやく振《ふ》りかえった。

「……っ！」

白《しろ》い明《あ》かりが、人影《ひとかげ》を浮《う》かびあがらせる。

長身《ちょうしん》の体《からだ》。黒《くろ》っぽい服《ふく》。

至近距離《しきんきょり》で浴《あ》びたライトがまぶしいのか、切《き》れ長《なが》の目《め》はかすかに細《ほそ》められ——。

って。

「はあ〜〜〜〜っ……和馬《かずま》か……」

全身《ぜんしん》から力《ちから》が抜《ぬ》ける。光一《こういち》は今日一番《きょういちばん》のため息《いき》をつきながら、廊下《ろうか》に膝《ひざ》をついた。

ライトを遠《とお》ざけた和馬《かずま》が、不思議《ふしぎ》そうな顔《かお》で、光一《こういち》を見下《みお》ろしている。

たしかに、このパターンは予想《よそう》できたけど。

タイミングがタイミングだけに、今《いま》までで一番寿命《いちばんじゅみょう》が縮《ちぢ》んだぞ……。

「だから、いつも先《さき》に声《こえ》をかけてくれって言《い》ってるだろ……」

「……悪《わる》い。荷運《にはこ》びを手伝《てつだ》おうと思《おも》って来《き》た」

「それじゃあ、これを持《も》っていってくれ。すぐクリスに渡《わた》してくれるか?」

和馬《かずま》は軽《かる》くうなずくと、幽霊《ゆうれい》の人形《にんぎょう》を手《て》に、ひょいと窓《まど》から飛《と》びだしていく。

……これじゃあ、幽霊《ゆうれい》と間違《まちが》えてもしょうがないよな。

内心《ないしん》で自分《じぶん》を励《はげ》ましながら、光一《こういち》も廊下《ろうか》を駆《か》けぬける。宿泊施設《しゅくはくしせつ》を出《で》て、運動公園《うんどうこうえん》のほうへ小《こ》走《ばし》りに向《む》かいながら、ちらりと腕時計《うでどけい》を見下《みお》ろした。

そうだ。少《すこ》し早《はや》いけど、そろそろ仮眠《かみん》しないと——。

「徳川《とくがわ》くん……!」

か細《ぼそ》い叫《さけ》び声《ごえ》が聞《き》こえて、振《ふ》りかえる。三《み》つ編《あ》みを振《ふ》り乱《みだ》したクリスが、後《あと》を追《お》うように走《はし》ってきていた。

てっきり、もう先《さき》に向《む》かってると思《おも》ってたんだけど。

「たいへんっ……なの。わたし、大野《おおの》さんが捨《す》てた手紙《てがみ》を拾《ひろ》ってから、すぐ運動公園《うんどうこうえん》に移動《いどう》するつもりだったんだけど……っ」

クリスは、はあはあと息《いき》を切《き》らしながら、光一《こういち》の前《まえ》で立《た》ちどまる。全力《ぜんりょく》で走《はし》ったのか、苦《くる》しそうに息《いき》をついた。

「施設《しせつ》を出《で》たところで、大野《おおの》さんを見《み》かけて。あとをつけたら……すみれが向《む》かった散策《さんさく》コースへ走《はし》っていって……！」

だれか、例《れい》の場所《ばしょ》に行《い》ってないか、確認《かくにん》しに行《い》ったのか。

光一《こういち》は、真《ま》っ黒《くろ》な輪郭《りんかく》しか見《み》えない山《やま》を見上《みあ》げる。遠《とお》くから、かすかに鳥《とり》の羽《は》ばたく音《おと》が聞《き》こえた。

「そんなに心配《しんぱい》しなくても、だいじょうぶだ。すみれには、人《ひと》が来《き》たらかくれるように言《い》ってあるし、おれたちの作戦《さくせん》が気《き》づかれることはないと思《おも》うから——」

「そうじゃ……ないの！」

肩《かた》で息《いき》をしながら、下《した》を向《む》いたままクリスが声《こえ》をしぼりだす。はっと上《あ》げた顔《かお》は、苦《くる》しい呼吸《こきゅう》で真《ま》っ赤《か》になっていた。

「わたしが心配《しんぱい》なのは……すみれのことなの。きもだめしのとき……すみれがとてもこわがっているように見《み》えたから。その……すみれは、幽霊《ゆうれい》が苦手《にがて》なのよね？」

「ええっと……」

やっぱり、気《き》づいてたのか。

つい、困《こま》ったように頭《あたま》をかく。光一《こういち》を見《み》ながら、思《おも》いつめたようにクリスはぎゅっと手《て》を組《く》んだ。

「もしかしたら、予想外《よそうがい》のことに動揺《どうよう》して、危《あぶ》ない目《め》にあうんじゃないかって思《おも》って。もちろん、わたしの勝手《かって》な心配《しんぱい》かもしれないけど……」

「でも、きもだめしのときも、なんだかんだ言《い》って委員長《いいんちょう》たちを助《たす》けに行《い》ってたし。そんなに気《き》にすることないんじゃないか？」

「あのときは、徳川《とくがわ》くんもいたし……委員長《いいんちょう》たちのためにってすみれも気《き》が張《は》ってたんじゃないかしら。でも……今《いま》、すみれは一人《ひとり》でしょう？」

クリスが、光一《こういち》に一歩《ぽ》つめよる。眼鏡《めがね》を外《はず》した素顔《すがお》のまま、正面《しょうめん》から目《め》を合《あ》わせた。

「お願《ねが》い。徳川《とくがわ》くんは、すみれを追《お》いかけて。わたしじゃ間《ま》に合《あ》わないけど、徳川《とくがわ》くんなら、まだなんとか間《ま》に合《あ》うよね!?」

勢《いきお》いに押《お》されて、光一《こういち》は半歩後《はんぽうし》ろに下《さ》がる。まっすぐに視線《しせん》を向《む》けてくるクリスを、目《め》を見開《みひら》いて見《み》つめた。

たしかに……クリスが心配《しんぱい》するのは、わかるけど。

「すみれなら、多少予想外《たしょうよそうがい》のことが起《お》きても、自分《じぶん》でなんとかできると思《おも》うけど……」

歯切《はぎ》れ悪《わる》く答《こた》えると、クリスは目《め》をふせる。しぼりだすように、ぽつりと言《い》った。

「でも……すみれだって、こわいって思《おも》ってるときは、体《からだ》がすくんじゃうと思《おも》うから」

それは。

ひやっとして、背中《せなか》を汗《あせ》がつたう。

もし何《なに》かあったら――それは、たぶんおれのせいだ。

「……徳川《とくがわ》くん？」

光一《こういち》は、ちらりと腕時計《うでどけい》に視線《しせん》を向《む》けると、決意《けつい》したように顔《かお》を上《あ》げる。懐中電灯《かいちゅうでんとう》をつかんで、クリスとすれ違《ちが》うように横《よこ》をすりぬけた。

「クリスは、運動公園《うんどうこうえん》で準備《じゅんび》を進《すす》めててほしい。あと、和馬《かずま》に後《あと》から追《お》いかけてくるように言《い》ってくれっ！」

振《ふ》りかえらずに、そう叫《さけ》ぶ。走《はし》りながらスマホを取《と》りだして、すみれの番号《ばんごう》にかけた。

スピーカーから流《なが》れるのは、圏外《けんがい》のアナウンスだ。

ついてない。

「……ただの気《き》にしすぎだ」

と、思《おも》うけど。

光一《こういち》は、散策《さんさく》コースの入《い》り口《ぐち》をにらみつける。薄暗《うすぐら》くてよく見《み》えない矢印《やじるし》の看板《かんばん》の前《まえ》を、勢《いきお》いよく通《とお》りすぎた。

16 がけっぷちのすみれ！

山《やま》の中《なか》を一人《ひとり》で走《はし》るのは、あたしでもさすがに緊張《きんちょう》する！

昨日《きのう》の昼間《ひるま》も通《とお》った散策《さんさく》コースは、心《こころ》もとないながらもあちこちに小《ちい》さな外灯《がいとう》が立《た》っている。

その明《あ》かりの下《した》、すみれは、軽《かる》く息《いき》を上《あ》げながら二段《だんと》飛ばしにトントンと階段《かいだん》を上《のぼ》る。靴《くつ》の裏《うら》で、昼《ひる》の雨《あめ》でぬかるんだ土《つち》が、ぐちゃっといやな音《おと》を立《た》てた。

「げっ」

あーあ、帰《かえ》るころにはスニーカーが泥《どろ》だらけになりそう。

光一《こういち》に任《まか》された今回《こんかい》の担当《たんとう》は、大野《おおの》と飯田《いいだ》、二人《ふたり》の動機《どうき》の証拠《しょうこ》をとってくること。

目的地《もくてきち》は、昨日《きのう》の昼間《ひるま》に健太《けんた》の案内《あんない》で迷《まよ》いこんだ、けもの道《みち》の先《さき》だ。

宿泊施設《しゅくはくしせつ》から目的地《もくてきち》までは距離《きょり》がある。星空観察《ほしぞらかんさつ》の映像上映《えいぞうじょうえい》が終《お》わる前《まえ》に行《い》って戻《もど》ってくるためには、できるだけ運動神経《うんどうしんけい》がいい人《ひと》がいい——。

ってことで、あたしになったんだけど。

「こんなことなら、こっちを和馬《かずま》の担当《たんとう》にしてもらえばよかった」

文句《もんく》を言《い》いながら、少《すこ》し広《ひろ》い段差《だんさ》で足《あし》を止《と》めて、光一《こういち》から渡《わた》された地図《ちず》を出《だ》す。

ええっと、ここらへんで、脇道《わきみち》に入《はい》るって……あった！

外灯《がいとう》が立《た》っているのは、ここで終《お》わりだ。

背負《せお》っていたリュックに手《て》をつっこんで、ごそごそと懐中電灯《かいちゅうでんとう》を取《と》りだす。スイッチを入《い》れると、細《ほそ》いけもの道《みち》の奥《おく》が、ぱっと明《あか》るくなった。

人気《ひとけ》のまったくない道《みち》に、思《おも》わず、ごくりとつばをのむ。

女《おんな》の子《こ》のユーレイは作《つく》り話《ばなし》ってもうわかってるけど……。

「でも、ほ、他《ほか》のユーレイが出《で》たりはしない……よね!?」

さっき、クリスから心配《しんぱい》するメッセージが来《き》ていたけれど、ついいつも通《どお》り、だいじょうぶだと返信《へんしん》してしまった。

その手前《てまえ》、カッコわるいことは言《い》えない。

うーっ。でも、一人《ひとり》だと、やっぱりこわいかも！

「ええいっ！」

地面《じめん》のでこぼこに引《ひ》っかからないように注意《ちゅうい》しながら、一気《いっき》に道《みち》を駆《か》けぬける。地面《じめん》からにょ

すみれは、手近《てぢか》にあった石《いし》を二つ、ひょいひょいと拾《ひろ》うと、手早《てばや》くリュックにしまった。

って、人《ひと》のものを取《と》ったお金《かね》で食《た》べてもおいしくないから、やらないけど。

一回《かい》でいいから、ゼータクにまいう～棒《ぼう》を全種類一気食《ぜんしゅるいいっきぐ》いしたかったんだよね。

あ、ここで何個《なんこ》かこっそりもらったら、毎日《まいにち》まいう～棒《ぼう》がたくさん食《た》べられちゃったり!?」

「レアアースって言《い》ってたっけ。この爪《つめ》の先《さき》くらいの石《いし》に、本当《ほんとう》にそんな価値《かち》があるのかなあ？

んだ溝《みぞ》に埋《う》まった黒《くろ》い石《いし》が鈍《にぶ》く光《ひか》った。光《ひか》る石《いし》が、ほんの少《すこ》しだけ埋《う》まりこんでいた。

灰色《はいいろ》の石《いし》には、黄《き》や白《しろ》など材質《ざいしつ》の違《ちが》う層《そう》が混《ま》じっている。ライトを当《あ》てると、でこぼことへこ
れている。その横《よこ》には、手《て》のひらに乗《の》るくらいの石《いし》が、ごろごろと転《ころ》がっていた。

光一《こういち》から聞《き》いていたとおり、目印《めじるし》の二本《ほん》のピッケルが、雨《あめ》にぬれないように葉《は》のかげにかくさ
えーっと、石《いし》を採《と》る、あのとがったやつ……これだ。

さらに道《みち》の奥《おく》、崖《がけ》にほど近《ちか》いところへ近《ちか》づいて、葉《は》っぱのかげを、ひょいとのぞきこむ。

ずざざっと音《おと》を立《た》てながら足《あし》を止《と》めた。

あっという間《ま》に、迷《まよ》いこんだ一番奥《いちばんおく》までたどりつく。湿《しめ》った葉《は》っぱが降《ふ》りつもった地面《じめん》の上《うえ》で、
うん。やっぱり体《からだ》を動《うご》かしてるほうが、落《お》ちつく。

つきりと生《は》えている根《ね》も、軽《かろ》やかに跳《と》びこえた。

「うーん、勝手《かって》にとってごめんなさい。でも、これも宿泊施設《しゅくはくしせつ》を守《まも》るためだから……っと」

ガサッガサガサッ

「え!?」

ぎょっとして、やってきた道《みち》を振《ふ》りかえる。草《くさ》のかげから、強《つよ》い光《ひかり》がチラチラとのぞいた。

だれか来《き》た！　光一《こういち》には、絶対見《ぜったいみ》つかるなって言《い》われてたっけ。

えーっと、どうしよう。

すみれは、急《いそ》いで辺《あた》りを見《み》まわす。

崖《がけ》の奥《おく》にかくれられるスペースを見《み》つけて、ひょいひょいと細《ほそ》い道《みち》を進《すす》む。岩《いわ》かげに、ぺったりと張《は》りついた。

これで、あちらからは完全《かんぜん》に見《み》えないはずだ。

懐中電灯《かいちゅうでんとう》の明《あ》かりを消《け》した瞬間《しゅんかん》、崖《がけ》の前《まえ》から息切《いきぎ》れした男《おとこ》の声《こえ》が聞《き》こえた。

「はあ……ここまで来《く》るのは、毎回骨《まいかいほね》が折《お》れるな」

この声《こえ》は……たしか、大野《おおの》さんだっけ。

ってことは、あたしたちの動《うご》きに気《き》づいて追《お》ってきたってこと？

大野《おおの》が、辺《あた》りにさっとライトを向《む》ける。身《み》をかくした岩《いわ》の縁《ふち》から、一瞬《いっしゅん》だけ強《つよ》い明《あ》かりが差《さ》しこんで、すみれは、さらに一歩奥《ぼおく》へ下《さ》がった。

「……だれか、気《き》づいたかと思《おも》ったが、考《かんが》えすぎか」

向《む》けられていたライトの光《ひかり》が、反対方向《はんたいほうこう》へ向《む》けられる。大野《おおの》は、ぐちゃっと足音《あしおと》をさせながら、きびすを返《かえ》した。

大野《おおの》の独《ひと》り言《ごと》が、だんだんと遠《とお》ざかっていく。その声《こえ》がすっかり聞《き》こえなくなると、すみれは、はーっと肩《かた》の力《ちから》を抜《ぬ》いた。

ふう、危《あぶ》ない危《あぶ》ない。見《み》つかったら、大変《たいへん》なことになるところだった。

さてと、証拠《しょうこ》の石《いし》は手《て》に入《い》れたし、そろそろあたしも帰《かえ》らないと。

星空観察《ほしぞらかんさつ》の映像上映《えいぞうじょうえい》を抜《ぬ》けだしてたのが福永先生《ふくながせんせい》にバレて、怒《おこ》られるのはやだし。

そういえば、犯人《はんにん》の一人《ひとり》が様子《ようす》を見《み》に来《き》たこと、光一《こういち》にも連絡《れんらく》しといたほうがいいかな？

すみれは、ポケットからスマホを取《と》りだす。ボタンを押《お》すと、画面《がめん》がぱっと明《あか》るくなった。

「げっ、圏外《けんがい》になってる。それなら、まあいっか」

ちょっと薄気味悪《うすきみわる》くなってきたし、早《はや》く戻《もど》って——。

……ぺたり
「ひいっ！」

今《いま》、首筋《くびすじ》に変《へん》な感触《かんしょく》がした!?

思《おも》わず、口《くち》からマヌケな声《こえ》がもれる。首筋《くびすじ》に張《は》りついたものに、あわてて手《て》を伸《の》ばした。

どきどきしながら、思《おも》いきってつまみあげる。さっと目《め》の前《まえ》にかざすと、雨《あめ》にぬれた薄《うす》い葉《は》が、ぴらぴらと風《かぜ》になびいた。

顔《かお》をしかめながら、すみれは葉《は》をぽいっと放《ほう》りなげる。元《もと》の道《みち》に戻《もど》ろうと、軽《かる》い調子《ちょうし》で足《あし》を踏《ふ》みだした。

「なあんだ、葉《は》っぱか。あーあ、おどろいて損《そん》し——」

ずるっ!

「っ!?」

靴《くつ》が思《おも》いっきりすべって、崖《がけ》から足《あし》を踏《ふ》みはずす。

体《からだ》が崖《がけ》の下《した》へ向《む》かってまっすぐ落下《らっか》した。

ぬかるんだ道《みち》を走《はし》ってたから、靴《くつ》の裏《うら》に泥《どろ》がつまってたんだ!

「……っ!」

とっさに体《からだ》をねじって右手《みぎて》を上《うえ》へ伸《の》ばし、崖《がけ》のつきだしをなんとかつかむ。体重《たいじゅう》がかかった肩《かた》がぎしっと鳴《な》って、一瞬《いっしゅん》、息《いき》が止《と》まった。

どこにも、足《あし》がつかない。

右手《みぎて》一本《ぽん》で支《ささ》えた体《からだ》が、空中《くうちゅう》でぶらんと揺《ゆ》れて、あわてて左手《ひだりて》でも崖《がけ》の岩《いわ》をつかんだ。

「あっ……ぶな」

さすがに、ここで落《お》ちたらシャレにならないってば。

おそるおそる下《した》をのぞくと、宙《ちゅう》に浮《う》いた足《あし》の向《む》こうに、ぽっかりと暗《くら》い闇《やみ》が見《み》える。

たぶん、実際《じっさい》はそんなに高《たか》くないはずだから、落《お》ちてもけがくらいですむと思《おも》うけど――。

さっさと上《うえ》に登《のぼ》らないと。別《べつ》に、腕《うで》の力《ちから》だけで体《からだ》を引《ひ》きあげるなんて、わけないし。

けれど、岩《いわ》は雨《あめ》でぬれていて、強《つよ》くつかみにくい。一瞬《いっしゅん》、つるりと手《て》がすべって、あわててつかみなおした。

珍《めずら》しく、さーっと顔《かお》から血《ち》の気《け》が引《ひ》く。

「これは、けっこうマズい……かも？」

ここにいるのを知《し》ってるのは、世界一《せかいいち》クラブのメンバーだけだ。

でも、それぞれみんな自分《じぶん》の担当《たんとう》の場所《ばしょ》にいるから、助《たす》けが来《く》るとは思《おも》えない。

見《み》つかるのを覚悟《かくご》して、大野《おおの》に助《たす》けを求《もと》めるのも、もう無理《むり》だ。

どうしよう。

だんだんと、不安《ふあん》で手《て》から力《ちから》が抜《ぬ》けてくる。どきどきと、鼓動《こどう》がはっきり聞《き》こえた。

とにかく——手《て》がしびれる前《まえ》に一気《いっき》に上《あ》がる！

ぐっと指先《ゆびさき》に力《ちから》を入《い》れる。

全力《ぜんりょく》で上半身《じょうはんしん》を持《も》ちあげて、ひじをついた瞬間《しゅんかん》、支《ささ》えにした岩《いわ》があっさりと砕《くだ》けた。

「あ——」

体《からだ》が、ふっと宙《ちゅう》に浮《う》く。

落《お》ちる!?

腕《うで》を精《せい》いっぱい伸《の》ばすけれど、崖《がけ》の上《うえ》には届《とど》かない。驚《おどろ》きで、目《め》も閉《と》じられなかった。

マズっ——。

それでも、無意識《むいしき》に頭上《ずじょう》に手《て》を伸《の》ばす。

暗闇《くらやみ》の中《なか》で、突然《とつぜん》、腕《うで》を強《つよ》くつかまれたかと思《おも》うと、体《からだ》が、がくんと宙《ちゅう》で止《と》まった。

崖《がけ》の上《うえ》で、放《ほう》りなげられた懐中電灯《かいちゅうでんとう》が転《ころ》がる音《おと》がする。かすかな明《あ》かりで、見《み》なれた顔《かお》が浮《う》かびあがって見《み》えた。

少《すこ》し毛先《けさき》のはねた、黒《くろ》い髪《かみ》。いつもきりっとした顔《かお》は、苦《くる》しそうにゆがんでいる。

「すっ……みれ、重《おも》いっ」

「こっ、光一《こういち》!?」

すみれが、裏返《うらがえ》った声《こえ》で名前《なまえ》を呼《よ》ぶ。光一《こういち》は、さらにぎゅっと顔《かお》をしかめた。

17 もしものキズナ

危《あぶ》なかった。

崖《がけ》から半分身《はんぶんみ》を乗《の》りだして、なんとかすみれの手《て》をつかめたのはよかったけど。

光一《こういち》は、息《いき》をつぎながら手《て》の力《ちから》を入《い》れなおす。すみれに向《む》かって、大声《おおごえ》で言《い》った。

「何《なに》か足場《あしば》はないのか？　足《あし》がかけられれば、すみれなら上《あ》がってこられるだろ⁉」

「ダメ、ぜんぜん見《み》つかんない！　そこが崖《がけ》からつきでてるところで、足《あし》がかからなくて！」

ああ、もう！　ついてない。

光一《こういち》は、すみれの手首《てくび》をつかんだまま、ぎっと歯《は》をくいしばった。

雨《あめ》で岩《いわ》がすべるから、自分《じぶん》の体《からだ》もずるずると崖《がけ》へ向《む》かって引《ひ》きずられていく。

この姿勢《しせい》は、頭《あたま》に血《ち》が上《のぼ》るし、一人《ひとり》で引《ひ》きあげるのはキツい。

おれよりすみれの腕《うで》のほうが痛《いた》そうだから、文句《もんく》は言《い》えないけど。

でも、一番《いちばん》の問題《もんだい》は――。

光一《こういち》は、すみれからちらりと視線《しせん》を動《うご》かして、腕時計《うでどけい》を見《み》る。暗闇《くらやみ》の中《なか》で、蓄光《ちくこう》の文字盤《もじばん》が、ぎりぎり目《め》に入《はい》った。

寝《ね》るまであと——五分《ふん》しかない。

「光一《こういち》、もしかして……そろそろ寝《ね》る時間《じかん》じゃない？」

すみれが、ひっと口《くち》を引《ひ》きつらせながらつぶやく。

……今《いま》の一瞬《いっしゅん》で、バレたのか。

光一《こういち》はすみれを引《ひ》きあげようと、無理矢理《むりやり》、左手《ひだりて》に力《ちから》を入《い》れる。自分《じぶん》の体《からだ》を支《ささ》えていた右手《みぎて》がずるりとすべって、あわてて崖《がけ》の縁《ふち》をつかみなおした。

「光一一人《こういちひとり》じゃ、引《ひ》きあげるのはムリだって！」

「わかってる！　でも、このままってわけにはいかないだろ」

何《なに》より、時間《じかん》がない。

あっという間《ま》に、残《のこ》り四分《ぷん》を切《き》る。光一《こういち》は、ぐっと後《うし》ろに耳《みみ》をそばだてた。

和馬《かずま》が来《く》る気配《けはい》は、まだ——。

「光一《こういち》、手《て》を放《はな》してよ」

は？

今《いま》の……聞《き》き間違《まちが》いだよな？

息《いき》をのみながら、すみれを見下《みお》ろす。すみれは、探《さぐ》るような瞳《ひとみ》で光一《こういち》を見《み》つめた後《あと》、えらそうにはーっとため息《いき》をついた。

「あたしの手《て》を放《はな》せば、光一《こういち》は上《あ》がれるでしょ。五分仮眠《ふんかみん》をとってから、助《たす》けに来《き》てくれればいいからさ」

「本気《ほんき》か!?」

「あたし一人《ひとり》なら、うまく着地《ちゃくち》すれば、打撲《だぼく》か骨折《こっせつ》くらいですむと思《おも》うし」

光一《こういち》は、息《いき》をつめながら崖《がけ》の奥《おく》に目《め》を向《む》ける。

真《ま》っ暗《くら》で、底《そこ》が見《み》えない。思《おも》わず、手《て》にぐっと力《ちから》が入《はい》った。

「えーっと、じつはさ！　飛《と》んできた葉《は》っぱをユーレイかと思《おも》ってびっくりして、足《あし》をすべらせちゃっただけで。光一《こういち》のせいじゃないから、責任《せきにん》とか感《かん》じなくていいし……」

すみれが、視線《しせん》をそらしながら、あははと力《ちから》なく笑《わら》う。一度《ど》、息《いき》を吸《す》いこんで光一《こういち》を見上《みあ》げた。

「二人《ふたり》とも落《お》ちるより、あたしだけ落《お》ちたほうがゴーリ的《てき》でしょ？」

合理的《ごうりてき》……それはそうだ。二人《ふたり》とも落《お》ちたら元《もと》も子《こ》もない。

どっちもけがを負《お》ったら、戻《もど》ることもむずかしくなる可能性《かのうせい》もある。

おれだけでも無傷《むきず》で助《たす》かって、和馬《かずま》が来《き》てから慎重《しんちょう》にすみれを助《たす》けに行《い》ったほうが——。

でも……本当《ほんとう》にそれでいいのか？

すみれが、ちらりと足元《あしもと》を見《み》る。ふうっと息《いき》をしたのが、つかんでいた手《て》から伝《つた》わった。

「それじゃあ、一、二の三で放《はな》してよね。さすがにいきなり放《ほう》りだされると着地《ちゃくち》しにくいし」

「い……だ」

「へ？」

そんなこと——。

光一《こういち》は、手首《てくび》をつかんだ指《ゆび》に力《ちから》をこめる。引《ひ》き結《むす》んでいたくちびるを、思《おも》いきり開《ひら》いた。

「いやだって言《い》ったんだ！　すみれのばか」

「は!?　ばかって、ばかなのは光一《こういち》でしょ！　あたしは、ただ光一《こういち》だけでも助《たす》けたくて」

「じゃあ、立場《たちば》が逆《ぎゃく》だったら、すみれは同《おな》じことができるのか!?」

「それはっ」

すみれが、ぐっと言葉《ことば》に詰《つ》まる。

残《のこ》り時間《じかん》は——あと一分《ぷん》か。

それでも。

光一《こういち》は、力《ちから》が抜《ぬ》けそうになる手《て》をさらに固《かた》くにぎる。ぎっと、歯《は》をくいしばった。

「おれは、いっしょに落《お》ちることになっても、手《て》を放《はな》すのはいやだ。どんなことになったって……おれが、すみれを見捨《みす》てられるわけないだろ！」

「……っ」

腕時計《うでどけい》の秒針《びょうしん》が、容赦《ようしゃ》なくカチカチと進《すす》む。風《かぜ》で草《くさ》がざわついているのに、その秒針《びょうしん》の音《おと》だけがはっきりと聞《き》こえた。

肩《かた》が、強《つよ》くきしむ。光一《こういち》は、はあっと切《き》れ切《ぎ》れに息《いき》を吐《は》きだした。

だめだ。もう、時間《じかん》がっ！

「光一《こういち》。やっぱり、あたし——！」

ひゅっ！　背後《はいご》から何《なに》かが胴体《どうたい》に巻《ま》きつく。その正体《しょうたい》を見《み》る前《まえ》に突然《とつぜん》、強《つよ》い力《ちから》で体《からだ》がぐんと上《うえ》に持《も》ちあがった。

って、これ縄《なわ》か!?

「へっ、なにこれ!?」

はっと見下《みお》ろすと、すみれにも縄《なわ》が巻《ま》きついている。二人《ふたり》の体《からだ》が近《ちか》くに生《は》えた木《き》の上《うえ》へ向《む》かって巻《ま》きあげられる。入《い》れ替《か》わりに、縄《なわ》をつかんだ和馬《かずま》が木《き》の上《うえ》から地面《じめん》に飛《と》びおりた。

「和馬《かずま》！」

「五井《ごい》、着地《ちゃくち》しろ！」

空中《くうちゅう》に放《ほう》りなげられたすみれは、和馬《かずま》の言葉《ことば》で、はっと表情《ひょうじょう》を引《ひ》きしめる。体操選手《たいそうせんしゅ》ばりに宙《ちゅう》で回転《かいてん》しながらバランスをとると、両足《りょうあし》でしっかりと崖《がけ》の上《うえ》に着地《ちゃくち》した。

ズドン！

「ふーっ、やっと生還《せいかん》！」

「和馬《かずま》、助《たす》かっ……」

……時間《じかん》は⁉

和馬《かずま》に手《て》を借《か》りながら地面《じめん》に降《お》りたった光一《こういち》は、ばっと腕《うで》を上《あ》げる。腕時計《うでどけい》の文字盤《もじばん》を見《み》る前《まえ》に、体《からだ》がぐらりとかたむいた。

目《め》の前《まえ》に、ぐちゃぐちゃにぬかるんだ地面《じめん》が見《み》える。

げっ。

どしゃっ！

「あっ、光一《こういち》！」

「だい……じょうぶ……だ」

泥《どろ》に頭《あたま》からつっこんだ光一《こういち》は、片手《かたて》を上《あ》げてみせる。けれど、すぐに力《ちから》が抜《ぬ》けて、頭《あたま》が真《ま》っ暗《くら》になった。


「和馬《かずま》って、光一《こういち》よりもあたしのほうが扱《あつか》いひどくない？」

ぼんやりした頭《あたま》に、がやがやと話《はな》し声《ごえ》が聞《き》こえる。うっすらと目《め》を開《ひら》いたものの、辺《あた》りはかなり薄暗《うすぐら》かった。

「さっきだって、あたしには自分《じぶん》で着地《ちゃくち》させて、すぐ光一《こういち》に駆《か》けよってたし」

「五井《ごい》なら、多少強引《たしょうごういん》に引《ひ》きあげても、なんとかできると思《おも》った。違《ちが》うのか」

「えっ！　まっ……まあね！　それはそうだけど」

さっきまで不満《ふまん》そうだったすみれの声《こえ》が、一気《いっき》に自慢《じまん》げな明《あか》るいものになる。

……なんだか、この二人《ふたり》の会話《かいわ》ってどこか気《き》が抜《ぬ》けてるな。

瞬《まばた》きで眠気《ねむけ》を飛《と》ばすと、ようやく視界《しかい》がはっきりする。目《め》の前《まえ》で話《はな》しこんでいた二人《ふたり》が、そろって光一《こういち》の顔《かお》をのぞきこんだ。

「あ、目《め》が覚《さ》めた。はい、タオルと水《みず》……っぷぷ、その顔《かお》、めちゃくちゃおかしいんだけど！」

光一《こういち》はむっとしながら、自分《じぶん》のほおを手《て》の甲《こう》でこすってみる。すぐに、乾燥《かんそう》した泥《どろ》が服《ふく》の上《うえ》にばらばらと落《お》ちた。

……最悪《さいあく》だ。

もらったペットボトルの水《みず》で、ざっと顔《かお》と髪《かみ》を洗《あら》い流《なが》す。タオルでふきおえて人心地《ひとごこち》つくと、立《た》ちあがって土《つち》を払《はら》った。

「和馬《かずま》、来《き》てくれて助《たす》かった」

「礼《れい》なら、オレじゃなくて日野《ひの》に言《い》ったほうがいい」

そう言《い》いながら、和馬《かずま》が光一《こういち》のポケットを指《ゆび》さす。

光一《こういち》が、ちかちかと光《ひか》るスマホの着信《ちゃくしん》ボタンを押《お》すと、少《すこ》し涙声《なみだごえ》にも聞《き》こえるクリスの声《こえ》が、山《やま》の中《なか》にこだました。

「徳川《とくがわ》くん！　すみれは……すみれは無事《ぶじ》!?」

「だいじょうぶだ。少《すこ》し、危《あぶ》ない目《め》にはあったけど」

光一《こういち》は、スピーカーのボタンを押《お》す。気《き》まずそうな顔《かお》のすみれの手《て》に、スマホを押《お》しつけた。

「あっクリス？　その、ありがとう。心配《しんぱい》してくれて……あの、あたし」

「……わたし、けっこう怒《おこ》ってるんだから」

怒《おこ》ってるって……クリスが!?

「あっ、ええっと、その！」

光一《こういち》のスマホを持《も》ったまま、すみれがわたわたと二人《ふたり》の顔《かお》を見《み》くらべる。

おれと和馬《かずま》を見《み》ても、何《なに》も解決《かいけつ》しないと思《おも》うぞ。

「えっと……ごめんなさいっ！　今度《こんど》から、かくしごとはしないから！　だからっ」

「……すみれが、無事《ぶじ》でよかった」

しんと静《しず》まりかえったスピーカーの向《む》こうから、突然《とつぜん》、くすっと笑《わら》い声《ごえ》がする。

優《やさ》しい声《こえ》にかぶさるように、鼻《はな》が鳴《な》る音《おと》がする。クリスは声《こえ》を切《き》りかえると、いつものように、静《しず》かでおだやかな声音《こわね》でささやいた。

「……わたしと健太《けんた》は、待《ま》ち合《あ》わせ場所《ばしょ》で待《ま》ってるから。準備《じゅんび》も、もうできてるわ」

「わかった。おれたちも、すぐ戻《もど》る」

光一《こういち》が電話《でんわ》を切《き》ると、和馬《かずま》が先頭《せんとう》を切《き》って走《はし》りだす。光一《こういち》も、下《くだ》りの階段《かいだん》に足《あし》をかけながら、左腕《ひだりうで》を見《み》た。

星空観察《ほしぞらかんさつ》の映像上映《えいぞうじょうえい》が終了《しゅうりょう》するまで、あと十分《ぷん》。この時間《じかん》なら、ぎりぎりセーフってところか。

「下《した》に着《つ》いたら、急《いそ》いで残《のこ》りの準備《じゅんび》をしないとな」

「光一《こういち》がスムーズに助《たす》けてくれてればもう少《すこ》し余裕《よゆう》があったのにね」

それが、曲《ま》がりなりにも助《たす》けてくれた人《ひと》に対《たい》して言《い》うセリフか？

光一《こういち》は、すぐ後《うし》ろを走《はし》るすみれを、しかめっ面《つら》で振《ふ》りかえる。てっきり、からかいながら見《み》かえしてくるかと思《おも》ったのに、目《め》が合《あ》ったすみれはさっと視線《しせん》をそらした。

「……でも、ちょっとカッコよかったよ」

めずらしくひかえめな、ぼそぼそとした声《こえ》。小《ちい》さすぎて、よく聞《き》こえない。

「今《いま》、なんて言《い》ったんだ？」

「……べっつに！」

むっとした顔《かお》のすみれが、後《うし》ろからジャンプして光一《こういち》を跳《と》びこえる。一気《いっき》に速度《そくど》を上《あ》げて、あっという間《ま》に光一《こういち》を抜《ぬ》きさった。

「あーもー、光一《こういち》が言《い》ってたわりばし効果《こうか》にだまされた！」

「だから、つりばし効果《こうか》だ！」

って、なんでここでつりばし効果《こうか》の話《はなし》が出《で》てくるんだ？

すみれが、ふくれっ面《つら》で和馬《かずま》の後《うし》ろにつく。前《まえ》を向《む》いたまま、和馬《かずま》がぽつりと言《い》った。

「そういえば、どうして五井《ごい》はそんなに幽霊《ゆうれい》が苦手《にがて》になったんだ？」

「さあ。じつはあたしも、なんでユーレイがダメになっちゃったのか、わからないんだよね。子《こ》どものときにすっごいこわい目《め》にあったってことは覚《おぼ》えてるんだけど……あっ、出口《でぐち》だ！」

和馬《かずま》とすみれのスピードに引《ひ》っぱられて、あっという間《ま》に遊歩道《ゆうほどう》を下《くだ》りきる。

宿泊施設《しゅくはくしせつ》の前《まえ》も通《とお》りすぎて、そのまま道《みち》を一直線《いっちょくせん》に下《くだ》ると、外灯《がいとう》の下《した》に人影《ひとかげ》が二つ並《なら》んでいた。

健太《けんた》とクリスだ。

健太《けんた》が、スキップまじりにすみれに近《ちか》づくと、手《て》に持《も》っていたトートバッグをさしだした。

「はい、これすみれのぶん！　キャンプファイヤーで衣装《いしょう》を使《つか》ってた子《こ》に、借《か》りておいたんだ」

「ありがと。これを使《つか》って、最後《さいご》の仕上《しあ》げに、めっちゃくちゃ目《め》に物《もの》を見《み》せるんだから！」

すみれが、うれしそうにバッグから黒《くろ》いかたまりを引《ひ》っぱりだす。光一《こういち》は、腕時計《うでどけい》に目《め》を落《お》としてから、四人《にん》を振《ふ》りかえった。

「時間《じかん》ぎりぎりだし、それじゃあ作戦開《さくせんかい》――」

声《こえ》をかけようと、健太《けんた》の奥《おく》に目《め》を向《む》ける。外灯《がいとう》の下《した》に立《た》つ人影《ひとかげ》が、一歩《ぽ》進《すす》みでた。

黒《くろ》い髪《かみ》が、頼《たよ》りない明《あ》かりの下《した》で、ゆらりと揺《ゆ》れる。

ええっと……。

おれたちは、だれかわかってるから平静《へいせい》でいられるけど。

知《し》らずに見《み》たら、インパクト絶大《ぜつだい》だな。

黙《だま》りこんだ和馬《かずま》が、申《もう》し訳《わけ》なさそうに視線《しせん》を

そらす。準備《じゅんび》を手伝《てつだ》った健太《けんた》が、自慢《じまん》そうに胸《むね》を張《は》った。

「すっごく似合《にあ》ってるでしょ!?　ぼくもこれくらいハマり役《やく》だったら、やらせてもらったのになあ」

「すごいっ！　橋《はし》のところで見《み》た、ニセモノのユーレイより、断然迫力《だんぜんはくりょく》あるよ。やっぱり、こういうのは美少女《びしょうじょ》じゃないとね！」

「……穴《あな》があったら、入《はい》りたいわ……」

目《め》を輝《かがや》かせたすみれに見《み》つめられたクリスは、黒《くろ》い髪《かみ》を少《すこ》しだけかきわける。はあっとため息《いき》をつくと、両手《りょうて》で顔《かお》をおおった。

18 世界一《せかいいち》クラブ★きもだめし

足元《あしもと》で、草《くさ》がガサガサと音《おと》を立《た》てる。大野《おおの》は、施設《しせつ》の端《はし》にある運動公園《うんどうこうえん》を一人《ひとり》、歩《ある》いていた。

もちろん、この幽霊騒動《ゆうれいそうどう》の仕上《しあ》げのためだ。

今日《きょう》の利用者《りようしゃ》は三《み》ツ谷《つや》小学校《しょうがっこう》だけだから、付近《ふきん》にある炊事場《すいじば》やキャンプ場《じょう》には人影《ひとかげ》がない。

公園《こうえん》の、真《ま》ん中《なか》にたどりつく。唯一《ゆいいつ》の明《あ》かりである懐中電灯《かいちゅうでんとう》の丸《まる》いスポットライトで、大《おお》きな望遠鏡《ぼうえんきょう》が浮《う》かびあがると、大野《おおの》は、にやっとほくそ笑《え》んだ。

望遠鏡《ぼうえんきょう》を支《ささ》える三脚《さんきゃく》のネジを外《はず》して、準備《じゅんび》していた細長《ほそなが》い氷《こおり》に差《さ》しかえる。

時間《じかん》が経《た》てば氷《こおり》が解《と》けて、望遠鏡《ぼうえんきょう》はあっけなく倒《たお》れるはずだ。

この施設《しせつ》の望遠鏡《ぼうえんきょう》は、施設長《しせつちょう》が星好《ほしず》きなこともあって大型《おおがた》で、子《こ》どもの背丈《せたけ》よりも高《たか》い。子《こ》どもに向《む》かってこれが倒《たお》れれば、けがをするのは絶対《ぜったい》に避《さ》けられないだろう。

「これで、こんなつまらない仕事《しごと》とも、おさらばだ。もらった金《かね》で、豪遊《ごうゆう》しまくってやる」

「そう、うまくいくかしら?」

「ああ？」

なんだ、今《いま》の声《こえ》は。

じっと耳《みみ》を澄《す》ますが、さっきの声《こえ》はもう聞《き》こえない。物音《ものおと》も——いや。

背後《はいご》から、草《くさ》を踏《ふ》みつける音《おと》がする。

大野《おおの》は、地面《じめん》に置《お》いていた懐中電灯《かいちゅうでんとう》を急《いそ》いで拾《ひろ》いあげると、後《うし》ろへ、さっと向《む》けた。

丸《まる》い明《あ》かりの中《なか》に、飯田《いいだ》のがりがりの体《からだ》が浮《う》かびあがる。長《なが》い前髪《まえがみ》の顔《かお》を、手《て》でおおうようにして光《ひかり》からかばっていた。

「わっ！　やめてください！」

「なんだ、飯田《いいだ》か……驚《おどろ》かせるなよ」

でも、それならさっきの声《こえ》はなんだったんだ？　女《おんな》の声《こえ》だったような気《き》がするが。

「そっ、そんなことより大変《たいへん》なんですよ！」

飯田《いいだ》が、顔《かお》を真《ま》っ青《さお》にしながら駆《か》けよってくる。はあはあと、荒《あら》い息《いき》の合間《あいま》に言《い》った。

「ゆ……幽霊《ゆうれい》が出《で》て」

「はあ？」

「おお、おれたちが作《つく》った幽霊《ゆうれい》が！　さっき体育館《たいいくかん》で見回《みまわ》りをしていたら、突然《とつぜん》あらわれて、うっ、上《うえ》から押《お》さえつけられて！」

「まだ、ビビってんのか。じゃあ、その幽霊《ゆうれい》とやらの姿《すがた》は見《み》たのか？」

「いっ、いや……目《め》が覚《さ》めたときには、だれもいなかったですけど」

「どうせ、そんなことだろうと思《おも》った」

大野《おおの》は、ばかばかしいと鼻《はな》を鳴《な》らす。再《ふたた》び、望遠鏡《ぼうえんきょう》へ向《む》きなおった。

「夢《ゆめ》じゃねえのか。それか、ただの思《おも》いこみ――」

「意外《いがい》とのんきなのね。悪《わる》いことをしても、見《み》つからないって思《おも》ってるの？」

やっぱり、何《なに》かいやがる！　大人《おとな》のものじゃない……女《おんな》の、子《こ》どもの声《こえ》!?

「おい、だれだ！　返事《へんじ》しやがれ！」

大野《おおの》は、声《こえ》めがけてライトを向《む》ける。公園《こうえん》を囲《かこ》む木々《きぎ》が、ぼうっと浮《う》かびあがった。

最初《さいしょ》に見《み》えたのは、細《ほそ》くて真《ま》っ白《しろ》な脚《あし》。

山《やま》の中《なか》なのに、奇妙《きみょう》なほどに汚《よご》れのない真《ま》っ白《しろ》なワンピース。

長《なが》い黒《くろ》い髪《かみ》は前《まえ》に振《ふ》り乱《みだ》されていて、顔《かお》は、人形《にんぎょう》のようにきれいな口元《くちもと》しか見《み》えない。

けれど、それだけでわかる。ぞっとするほどの――美少女《びしょうじょ》だ。

あれは、オレたちが作《つく》った……幽霊《ゆうれい》の人形《にんぎょう》!?

「飯田《いいだ》！　おまえ、なんだってあんなところにあれを」

「あっ、あれは無《な》くなっ……ひぃぃっ」

二人《ふたり》の目《め》の前《まえ》で、女《おんな》の子《こ》は一歩《ぽ》、草《くさ》のかげから踏《ふ》みだしてくる。ゆらゆらとした不思議《ふしぎ》な足《あし》どりで、こちらへまっすぐに歩《あゆ》みよった。

「二人《ふたり》とも、悪《わる》い人《ひと》ね。わたしのウワサを使《つか》って、宿泊施設《しゅくはくしせつ》を潰《つぶ》そうとしたでしょう？」

女《おんな》の子《こ》の作《つく》り物《もの》みたいなくちびるが、にっと薄気味悪《うすきみわる》い笑《え》みになる。ささやくような、甘《あま》い声《こえ》が聞《き》こえた。

「あの特別《とくべつ》な石《いし》ごと土地《とち》を手《て》に入《い》れるために、こわがらせて、さらに、けがまでさせようなんて」

「なんで、そのことを――」

「だって、わたしは幽霊《ゆうれい》だもの。全部《ぜんぶ》知《し》っているわ」

「てめえ……！」

「や、大野《おおの》さん！　後《うし》ろ……！」

子《こ》どもに駆《か》けよろうとした瞬間《しゅんかん》、横《よこ》にいた飯田《いいだ》がぐいとポロシャツを引《ひ》く。大野《おおの》は、いらだちながら後《うし》ろを振《ふ》りむいた。

「ああっ!?　何《なに》あわてて――」

飯田《いいだ》が懐中電灯《かいちゅうでんとう》を当《あ》てている先《さき》へ、目《め》を向《む》ける。

そこにあるのは——もうひとつの真《ま》っ白《しろ》なワンピースと、白《しろ》い脚《あし》。

う、後《うし》ろにももう一人《ひとり》いる⁉

二人《ふたり》をはさむように、同《おな》じ姿《すがた》の女《おんな》の子《こ》が、同《おな》じように立《た》っている。黒髪《くろかみ》から、ちらりとのぞいた二つの口元《くちもと》が、まったく同《おな》じ不気味《ぶきみ》な声《こえ》を響《ひび》かせた。

「あなたたちは、二人《ふたり》で悪《わる》いことをしたでしょう？」

「だから、わたしも二人《ふたり》に分《わ》かれて、お迎《むか》えにきたの」

「こうすれば、逃《に》げられないわよね？」

同《おな》じ人間《にんげん》が二人《ふたり》いるはずがない。そんなこと、あるわけがない。

ということは――。

飯田《いいだ》が手《て》に持《も》っていた懐中電灯《かいちゅうでんとう》が、ガシャンと音《おと》を立《た》てて壊《こわ》れる。大野《おおの》の懐中電灯《かいちゅうでんとう》も、明《あ》かりが落《お》ちて、辺《あた》りは真《ま》っ暗《くら》になった。

「うっ、うわあああ！」

懐中電灯《かいちゅうでんとう》を放《ほう》りだしながら、飯田《いいだ》が暗闇《くらやみ》の中《なか》を走《はし》りさっていく。

次《つぎ》の瞬間《しゅんかん》。

ドスン！

「ぎゃあ！」

地鳴《じな》りのような大《おお》きな音《おと》とともに、飯田《いいだ》の悲鳴《ひめい》が響《ひび》きわたる。すぐに静寂《せいじゃく》を取《と》りもどした暗闇《くらやみ》に向《む》かって、大野《おおの》は声《こえ》を引《ひ》きつらせた。

「飯田《いいだ》！　おい、飯田《いいだ》！」

「これで、一人片《ひとりかた》づいたわ。あとはお兄《にい》さんだけよ」

ふっと、顔《かお》に冷《ひ》ややかな風《かぜ》がかかる。

顔《かお》を上《あ》げると、白《しろ》いワンピースが目《め》の前《まえ》で揺《ゆ》れている。

女《おんな》の子《こ》の黒《くろ》い髪《かみ》が、ざあっと風《かぜ》で舞《ま》いあがった。

「悪《わる》い人《ひと》は、おしおきしてあげないとね……？」

「うわあああああああ!!」

やっぱり、本物《ほんもの》の幽霊《ゆうれい》だ。

後《うし》ろに行《い》っても、もう一人《ひとり》の幽霊《ゆうれい》に捕《つか》まるだけだ。遠回《とおまわ》りにはなるが、公園《こうえん》の奥《おく》へ抜《ぬ》けてそこから施設《しせつ》に逃《に》げるしかない！

大野《おおの》は、大声《おおごえ》を上《あ》げながら横《よこ》へ走《はし》る。道路《どうろ》が近《ちか》づいて、外灯《がいとう》の明《あ》かりが、ちらりと見《み》えた。

「あと、もう少《すこ》し……！」

ゴリッ
「ん!?」

地面《じめん》に足《あし》をついた瞬間《しゅんかん》、靴底《くつぞこ》の裏《うら》で硬《かた》い感触《かんしょく》が走《はし》った。

うっかり足《あし》を取《と》られる。転《ころ》んで地面《じめん》に手《て》をつくと、指先《ゆびさき》にちくっと刺激《しげき》が走《はし》った。

「痛《いた》いっ！」

なんだこれは、何《なに》かのトゲ!?　あちこちに――。

瞬間《しゅんかん》、体《からだ》が、ふっと宙《ちゅう》に浮《う》いたかと思《おも》うと、すぐさま落下《らっか》する。

「ああああっ！」

ぽっかり空《あ》いた穴《あな》の底《そこ》にどしんとしりもちをつく。思《おも》わず、しりをさすった。

「いたた……なんで、こんなところに穴《あな》が」

「ふふふ」

大野《おおの》は、ごくりとつばをのむ。あの子《こ》の声《こえ》だ。

ロボットのようにぎこちなく、地上《ちじょう》を見上《みあ》げる。穴《あな》の縁《ふち》から、黒《くろ》い髪《かみ》をたらした女《おんな》の子《こ》がこちらをのぞきこんでいた。

「ヒッ」

女《おんな》の子《こ》が、長《なが》い黒髪《くろかみ》をそっとかきわける。

真《ま》っ白《しろ》な肌《はだ》。作《つく》り物《もの》のようにきれいな瞳《ひとみ》が、不気味《ぶきみ》にカッと見開《みひら》かれた。

「つ か ま え た」

もう、ダメだ……。

ふっと、意識《いしき》が遠《とお》のく。大野《おおの》は、落《お》とし穴《あな》の中《なか》で、どさりと倒《たお》れこんだ。

「徳川《とくがわ》、A班《エーはん》のぶんだ。これで、全班《ぜんはん》そろってるな」

「ありがとうございます」

運動広場《うんどうひろば》の入《い》り口《ぐち》でクラスメイトにまぎれると、光一《こういち》は福永先生《ふくながせんせい》から四人分《にんぶん》の星図《せいず》を受《う》けとる。

ほっと息《いき》をはきながら、うなずいた。

これで、映像上映中《えいぞうじょうえいちゅう》のアリバイは成立《せいりつ》だ。福永先生《ふくながせんせい》には、ちょっと悪《わる》いけど。

「ん？　徳川《とくがわ》、どうしたんだ。その汚《よご》れは」

福永先生《ふくながせんせい》が、光一《こういち》の服《ふく》にぐっと顔《かお》を近《ちか》づける。ううんとうなりながら、首《くび》をひねった。

げっ、すみれを助《たす》けたときの！

そういえば、顔《かお》と頭《あたま》は洗《あら》ったけど、T《ティー》シャツはそのままだったんだっけ。

「べったり泥《どろ》がついてるな。視聴覚室《しちょうかくしつ》から移動《いどう》する途中《とちゅう》で転《ころ》んだのか？」

「……はい。その、足元《あしもと》が暗《くら》かったので」

いちおう、嘘《うそ》はついてない。

「星空観察《ほしぞらかんさつ》が終《お》わって施設《しせつ》に戻《もど》ったら、もう一回《いっかい》シャワーでも浴《あ》びるんだぞ」

山《やま》の中《なか》を走《はし》りまわったから、それは少《すこ》しありがたいな。

光一《こういち》は苦笑《にがわら》いを浮《う》かべながら、小《ちい》さくうなずいた。

「光一《こういち》、こっちだよ！」

健太《けんた》が、公園《こうえん》の芝生《しばふ》に場所《ばしょ》を取《と》って手《て》を振《ふ》っている。クラスのみんなも、思《おも》い思《おも》いの場所《ばしょ》を陣《じん》取《ど》って、空《そら》を見上《みあ》げはじめていた。

和馬《かずま》は、少《すこ》し離《はな》れたところに腰《こし》を下《お》ろしている。いつもの無表情《むひょうじょう》のまま、素知《そし》らぬ顔《かお》で自分《じぶん》の活動班《かつどうはん》に戻《もど》っていた。

さすがに、すばやいな。

光一《こういち》も、芝生《しばふ》に片膝《かたひざ》を立《た》てて座《すわ》る。すでに座《すわ》りこんでいたすみれが、黒《くろ》いウィッグをリュックにしまいながら、にんまりと笑《わら》った。

「小倉《おぐら》さんへの連絡《れんらく》は、うまくいった？」

「ああ。匿名《とくめい》での連絡《れんらく》になったけど、今《いま》ごろ職員《しょくいん》の人《ひと》と向《む》かってると思《おも》う。証拠《しょうこ》のレアアースの付《つ》いた鉱石《こうせき》も犯人《はんにん》といっしょに置《お》いておいたし、おれたちの作戦《さくせん》は、完了《かんりょう》だ」

「楽《たの》しかったけど、ちょっとかわいそうだったかなあ。ぼくが、クリスちゃんの声真似《こえまね》ですみれに腹話術《ふくわじゅつ》したの、すっごくこわがってたみたいだし……」

「みんながけがするところだったんだから、それくらいはいいでしょ。はーっ、クリスと幽霊役《ゆうれいやく》やるの、楽《たの》しかったー！　おどかしてる途中《とちゅう》だから、柔道《じゅうどう》の技名《わざめい》が言《い》えなくて残念《ざんねん》だったけど」

そんなことをされたら、せっかく作《つく》った雰囲気《ふんいき》が台無《だいな》しだ。

それにしても、さすがにきもだめし二回《かい》はけっこう疲《つか》れたな。

ふーっと息《いき》をはきながら、顔《かお》を上《あ》げる。まぶしいくらいの満天《まんてん》の星《ほし》が目《め》の前《まえ》に広《ひろ》がっていた。

きれいすぎて、とっさに言葉《ことば》が出《で》ない。

雨《あめ》の後《あと》だから、いつもより空気《くうき》が澄《す》んで、小《ちい》さな星《ほし》まではっきりと見《み》えた。

「わあ、すっごいね！」

いつの間《ま》にか、健太《けんた》が大《だい》の字《じ》に寝《ね》そべっている。すみれも、頭《あたま》に手《て》をあてて、ごろりと横《よこ》になって空《そら》を見上《みあ》げていた。

おずおずとすみれの横《よこ》に腰《こし》を下《お》ろしたクリスが、はっと空《そら》を指《ゆび》さした。

「あっ、流《なが》れ星《ぼし》……！」

「えええっ、どこ⁉」

「ホントだ！　えーっとえーっと、毎日《まいにち》、おいしいお菓子《かし》がたくさん食《た》べられますように！　って、もう消《き》えちゃった」

「流《なが》れ星《ぼし》が消《き》える前《まえ》に、三回《かい》お願《ねが》いごとを言《い》えばかなうっていうけど、むずかしいわね……」

「そうだねえ。ぼく、特《とく》にお願《ねが》いしたいこと、たくさんあるし」

「健太《けんた》は、何《なに》をお願《ねが》いするの……？」

「ええっとね！　みんなをもっと楽《たの》しくできますように！　あと、ある日《ひ》、突然《とつぜん》モテるようになりますように、それと――」

「トツゼン!?　それって、流《なが》れ星《ぼし》だけに、テンモンガク的確率《てきかくりつ》ってやつじゃない？」

すみれが、目《め》を細《ほそ》めてじーっと健太《けんた》を見《み》つめる。

天文学的《てんもんがくてき》か。めずらしく、正《ただ》しいつっこみだな。

「うーん、そうかなあ。それじゃあ、光一《こういち》は、何《なに》をお願《ねが》いする？」

「えっ、おれ!?」

「その……自分《じぶん》の体質《たいしつ》が治《なお》りますように、とか……？」

たしかに、それはどうにかしたいとは思《おも》ってるけど。

そんなことより。

光一《こういち》は、三人《にん》の顔《かお》を見《み》まわす。ふと目《め》を向《む》けると、遠《とお》くに座《すわ》った和馬《かずま》と一瞬《いっしゅん》、目《め》が合《あ》った。

――また、みんなで事件《じけん》が解決《かいけつ》できますように、とか。

みんなには言《い》わないけど。

光一《こういち》は、ゆっくりと後《うし》ろに倒《たお》れこむ。もう一度《いちど》、満天《まんてん》の星《ほし》を静《しず》かに見上《みあ》げた。

★19 ユーレイよりこわいもの⁉

『とても充実《じゅうじつ》した宿泊体験《しゅくはくたいけん》になりました。』

光一《こういち》は、感想文《かんそうぶん》の最後《さいご》のマスに、句点《くてん》を書《か》きこむ。一度《いちど》さっと目《め》を通《とお》して読《よ》みなおすと、イスから立《た》ちあがった。

「終《お》わった」

「もう⁉」

テーブルで、じっと用紙《ようし》をにらみつけていたすみれが、すっとんきょうな声《こえ》を上《あ》げる。光一《こういち》は、ソファに置《お》いていた新聞《しんぶん》を手《て》に取《と》って、静《しず》かに腰《こし》かけた。

今日《きょう》は、宿泊体験《しゅくはくたいけん》から帰《かえ》ってきて初《はじ》めての週末《しゅうまつ》だ。宿泊体験《しゅくはくたいけん》の感想文《かんそうぶん》の宿題《しゅくだい》を片《かた》づけるということで、世界一《せかいいち》クラブは光一《こういち》の家《いえ》のリビングに集《あつ》まっている。

でも、おれがみんなを集《あつ》めたんじゃなくて、作文《さくぶん》が苦手《にがて》なすみれが、みんなに泣《な》きついたんだけど。

光一《こういち》以外《いがい》の四人《にん》は、まだ感想文《かんそうぶん》に向《む》かいあっている。和馬《かずま》は少《すこ》しずつ丁寧《ていねい》に、健太《けんた》は感想文《かんそうぶん》の用紙《ようし》にぐっと顔《かお》を近《ちか》づけて、一心不乱《いっしんふらん》に書《か》きつづけている。

唯一《ゆいいつ》、一文字《もじ》も進《すす》んでいないすみれが、不満《ふまん》そうに口《くち》をとがらせた。

「まだ書《か》きはじめてから十分《ぷん》しか経《た》ってないのに、なんで!?」

「感想文《かんそうぶん》の宿題《しゅくだい》が出《で》るのはわかってたから、頭《あたま》の中《なか》であらかじめ大筋《おおすじ》を組《く》みたてておいた。いざ書《か》こうとしたときに、準備《じゅんび》しておいたほうがラクだろ」

「徳川《とくがわ》くんらしいわね……」

下書《したが》きの紙《かみ》に書《か》いては消《け》しをしていたクリスが、目《め》を丸《まる》くする。その横《よこ》で、うめき声《ごえ》をあげながら、すみれが頭《あたま》を抱《かか》えた。めずらしく、重《おも》いため息《いき》がもれる。

「はー……なんで感想文《かんそうぶん》を書《か》くのって、こんなにむずかしいんだろ。すっごく楽《たの》しかった！　って書《か》きたいだけなのに」

「どういうふうに楽《たの》しかったのか、具体的《ぐたいてき》に書《か》けばいいんじゃないか？」

「えっと、ドカン！　ズドン！　どどーん！　みたいな？」

それは、いくらなんでもアバウトすぎるだろ！

「ぼくも、もう完成《かんせい》！」

リビングの天井《てんじょう》に、ひときわ明《あか》るい声《こえ》がこだまする。健太《けんた》が、勢《いきお》いよくイスから立《た》ちあがると、書《か》きあげた感想文《かんそうぶん》をバーンとかざした。

「えええーっ！　健太《けんた》が!?」

「ふっふっふー、今回《こんかい》は自信作《じしんさく》だから写《うつ》してもいいよ！」

「……そうなのか？」

健太《けんた》の向《む》かいの席《せき》で、黙々《もくもく》とえんぴつを動《うご》かしていた和馬《かずま》が、顔《かお》をしかめる。

光一《こういち》も、思《おも》わずかすかに腰《こし》を浮《う》かせる。健太《けんた》の感想文《かんそうぶん》を受《う》けとったすみれの手元《てもと》を、そっとのぞきこんだ。

最後《さいご》の文章《ぶんしょう》は――。

『残念《ざんねん》ながらぼくは告白《こくはく》されなかったけど、クラスには両想《りょうおも》いになった人《ひと》たちもいたみたい！

もちろん、その名前《なまえ》は絶対《ぜったい》にヒミツだから、知《し》っててもここには書《か》けません。

でも、ぼくは付《つ》き合《あ》いはじめたみんなを、全力《ぜんりょく》で応援《おうえん》します。先生《せんせい》も協力《きょうりょく》してください！

八木《やぎ》　健太《けんた》』

……ええっと。

「健太《けんた》。いちおう聞《き》くけど、これって感想文《かんそうぶん》だよな？」

「もちろんそうだよ！　読《よ》んでくれる福永先生《ふくながせんせい》に、宿泊体験《しゅくはくたいけん》がすっごく楽《たの》しかったって伝《つた》えたくて、がんばって書《か》いたんだ！」

「あたしでもわかるけど、これ、再提出《さいていしゅつ》って怒《おこ》られるやつじゃない？」

すみれが、あきれたように首《くび》をすくめる。感想文《かんそうぶん》を返《かえ》してもらった健太《けんた》は、ぐっと文面《ぶんめん》をのぞきこんだ。

「えええ!?　すっごくよく書《か》けたと思《おも》うんだけど!?」

「その、中身《なかみ》はすてきだと思《おも》うけど……これだと感想文《かんそうぶん》っていうより、手紙《てがみ》みたいだから……」

「うーん、力作《りきさく》だったのになあ」

健太《けんた》はイスに座《すわ》りなおすと、首《くび》をかしげながら消《け》しゴムで字《じ》を消《け》しはじめる。

これは、宿題《しゅくだい》が終《お》わるまで、みんな、まだまだかかりそうだな。

光一《こういち》は、新聞《しんぶん》を読《よ》みやすいように広《ひろ》げる。見覚《みおぼ》えのある名前《なまえ》が目《め》にとまって、顔《かお》を近《ちか》づけた。

この記事《きじ》って――。

「あの宿泊施設《しゅくはくしせつ》の事件《じけん》が記事《きじ》になってる」

「えっ、見《み》たい見《み》たい！」

すみれが、感想文《かんそうぶん》を放《ほう》りだして駆《か》けよってくる。光一《こういち》は、他《ほか》のみんなにも聞《き》こえるように、一《いち》文《ぶん》ずつ丁寧《ていねい》に読《よ》みあげた。

『宿泊施設《しゅくはくしせつ》の営業《えいぎょう》を妨害《ぼうがい》したとして、警察《けいさつ》は施設《しせつ》に勤務《きんむ》する男性《だんせい》二名《めい》を威力業務妨害《いりょくぎょうむぼうがい》の疑《うたが》いで逮《たい》捕《ほ》した。

警察《けいさつ》によると、二人《ふたり》は共謀《きょうぼう》して、人形《にんぎょう》を使《つか》うなどの手口《てぐち》で幽霊《ゆうれい》の噂《うわさ》を流《なが》し、施設《しせつ》の業務《ぎょうむ》を妨害《ぼうがい》した疑《うたが》い。新種《しんしゅ》のレアアースが発見《はっけん》された土地《とち》をだましとるため、資金《しきん》を提供《ていきょう》していた不動産会《ふどうさんがい》社社長《しゃしゃちょう》についても調《しら》べが進《すす》んでおり――』

「光一《こういち》。胃袋《いぶくろ》ギョーザ妨害《ぼうがい》って何《なに》？」

「威力業務妨害《いりょくぎょうむぼうがい》！　いやがらせをして、人《ひと》の仕事《しごと》を妨害《ぼうがい》する犯罪《はんざい》のことだ」

「その文面《ぶんめん》だと、あの山《やま》の土地《とち》を買《か》いとるために、犯人《はんにん》たちに金《かね》をはらっていた人物《じんぶつ》も逮捕《たいほ》されたのか」

和馬《かずま》が手《て》を止《と》めて静《しず》かに顔《かお》を上《あ》げる。光一《こういち》は、紙面《しめん》を目《め》で追《お》いながら、うなずきかえした。

「みたいだな。おれたちが、自白《じはく》してる音声《おんせい》も押《お》さえておいたし。犯人《はんにん》たちも、金《かね》をもらってやっていただけだったから、警察《けいさつ》に素直《すなお》にしゃべったんだと思《おも》う」

結局《けっきょく》、犯人《はんにん》たちの犯行《はんこう》を、証拠《しょうこ》とともに小倉《おぐら》さんに提示《ていじ》したことで、職員《しょくいん》の人《ひと》たちも、すぐに事件《じけん》の裏《うら》にあった企《たくら》みに気《き》がついた。

職員《しょくいん》の通報《つうほう》によって警察《けいさつ》が呼《よ》ばれ、犯人《はんにん》の二人《ふたり》はこっそりと連行《れんこう》されていったものの、幸《さいわ》い、まったくの無関係《むかんけい》ということで、光一《こういち》たちの宿泊体験《しゅくはくたいけん》はそのまま続《つづ》けられた。

先生《せんせい》たちからの簡単《かんたん》な連絡《れんらく》を聞《き》きながら、光一《こういち》は内心《ないしん》でほっと胸《むね》をなでおろしていた。最後《さいご》の最後《さいご》で、宿泊体験《しゅくはくたいけん》が中止《ちゅうし》にならなくてよかった。もちろん、そうしないための作戦《さくせん》でもあったんだけど。

「ああいうやつは、一か所《しょ》だけじゃなくて、同《おな》じような案件《あんけん》を手広《てびろ》くやるんだ。もしかしたら、余罪《よざい》もあるかもしれないな」

「とにかく、これで、あの宿泊施設《しゅくはくしせつ》もまだまだ続《つづ》けられんだよね。よかったあ」

「むしろ、発見《はっけん》したレアアースを売《う》って、経営《けいえい》に余裕《よゆう》ができるくらいだ。あのボロかった建物《たてもの》も、建《た》てかえられるんじゃないか」

「えへへ。本当《ほんとう》に幽霊《ゆうれい》が出《で》そうな雰囲気《ふんいき》だったから、それはちょっとさみしいけど」

「あたしたちがあそこに泊《と》まったから、施設《しせつ》が残《のこ》れるってことだよね。あ、じゃあ感想文《かんそうぶん》にこの記事《きじ》もはっちゃう!?」

すみれが、右手《みぎて》でピースサインを作《つく》ると、はさみのように人差《ひとさ》し指《ゆび》と中指《なかゆび》を動《うご》かした。

どうせ、それをはりつけて行数《ぎょうすう》を稼《かせ》ぐつもりなんだろ。

光一《こういち》は、読《よ》みかけの新聞《しんぶん》をついと横《よこ》に向《む》けた。

「ダメだ。だいたい、福永先生《ふくながせんせい》になんて説明《せつめい》するんだよ」

「はあ、いいアイディアだと思《おも》ったのに」

すみれが、がっかりと肩《かた》を落《お》としながらテーブルに戻《もど》っていく。クリスが、書《か》きおえた感想文《かんそうぶん》を読《よ》みなおしているのを見《み》つけて、目《め》を丸《まる》くした。

「クリスも、もう書《か》きおわったの!?」

「こういうのは、わたしも得意《とくい》じゃないんだけど……」

クリスが、えんぴつを筆箱《ふでばこ》にしまう。みんなの視線《しせん》を一身《いっしん》に浴《あ》びながら、かき消《き》えてしまいそうな声《こえ》で、ぽつりと言《い》った。

「その……事件《じけん》は大変《たいへん》だったけど、カレーとか、星空観察《ほしぞらかんさつ》とか……たくさん……たくさん楽《たの》しいことがあって」

ぼそぼそとしていた声《こえ》が、さらにか細《ぼそ》くなっていく。

しんとしたなかで、クリスはぎゅっとスカートのすそをにぎりながら、声《こえ》をしぼりだした。

小《ちい》さいけれど、はっきりと。

「とっても特別《とくべつ》な思《おも》い出《で》になったから」

――そっか。

「ありがとう、すみれ……みんなも」

「えへへっ」

イスに座《すわ》ったクリスに、すみれが後《うし》ろから跳《と》びつく。コツンと、やさしく頭《あたま》をくっつけた。

テーブルにひじをついて、健太《けんた》もうれしそうに笑《わら》っている。

和馬《かずま》も、ほんの少《すこ》しだけ笑《わら》ってる？　って、やっぱり気《き》のせいか。

「あたしも、すっごく楽《たの》しかった！　事件《じけん》のせいで、パジャマでおしゃべりも、枕投《まくらな》げもできなかったのは残念《ざんねん》だけど。でも、まだ修学旅行《しゅうがくりょこう》もあるし。チャンスはたくさんあるよね」

「夏休《なつやす》みも、みんなでどこかへ行《い》きたいなあ。キャンプとか旅行《りょこう》とか。今《いま》までは三人《にん》だったけど、今年《ことし》はクリスちゃんも和馬《かずま》くんもいるし！」

すみれと健太《けんた》が自分《じぶん》の感想文《かんそうぶん》を脇《わき》によけて、わいわいと盛《も》りあがる。クリスは、バッグに感想《かんそう》文《ぶん》と筆箱《ふでばこ》をしまうと、ソファに座《すわ》った光一《こういち》に、ちらりと視線《しせん》を向《む》けた。

「そういえば、徳川《とくがわ》くん。わたし……ちょっと気《き》になってることがあるんだけど……」

「なんだ？」

「その……徳川《とくがわ》くんは、どうしてあんなにニセモノの幽霊《ゆうれい》づくりが上手《じょうず》だったの？」

「……えっ」

げっ。その質問《しつもん》は。

予想外《よそうがい》の問《と》いに、光一《こういち》は口《くち》をひくつかせる。あわてて新聞《しんぶん》をしっかりとのぞきこんで、顔《かお》をかくした。

この流《なが》れは、めちゃくちゃマズい。

「あー……もう事件《じけん》は解決《かいけつ》したんだし、それは気《き》にしなくてもいいんじゃないか」

「それはそうなんだけど……わたしの台本《だいほん》もとっても凝《こ》っていたし、どうしても気《き》になって」

「そう言《い》われれば、そうかも」

「もしかして、光一《こういち》は最近《さいきん》こわい話《はなし》にはまってたとか!?」

「いや、そういうわけじゃなくて――」

気《き》がつくと、すみれや健太《けんた》まで、光一《こういち》に向《む》かって目《め》を輝《かがや》かせている。

なんとか話題《わだい》を変《か》えようと、視線《しせん》をそらす。けれど、一番奥《いちばんおく》のイスに座《すわ》っていた和馬《かずま》も、えんぴつを持《も》った手《て》を止《と》めて、光一《こういち》をじっと見《み》つめていた。

四対《たい》一は分《ぶ》が悪《わる》すぎるだろ。

……仕方《しかた》ない。

光一《こういち》は新聞《しんぶん》をたたみながら、じわりとみんなから距離《きょり》を取《と》る。一つ一つ、言葉《ことば》を選《えら》びながら言《い》った。

「……じつは、昔《むかし》、おれもニセモノの幽霊《ゆうれい》を作《つく》ったことがあるんだ。幼稚園《ようちえん》に入《はい》る前《まえ》だけど」

「そそそ、そんな小《ちい》さいときに!?　光一《こういち》が!?」

「そんないたずらをするなんて、少《すこ》し意外《いがい》だな」

「それであんなにスムーズだったのね」

「もちろん、昔作《むかしつく》ったのは、かなり簡単《かんたん》なしかけだったけど――」

慎重《しんちょう》に答《こた》えながら、光一《こういち》は様子《ようす》をうかがう。みんな、納得《なっとく》したようにうなずいていた。

よし。これなら、ごまかしきれ――。

「それで、光一《こういち》はその時《とき》、だれをおどかしたの？」

健太《けんた》が、光一《こういち》へ向《む》かって、にこっと笑《わら》いかける。背中《せなか》を、つっといやな汗《あせ》がつたった。

「それは――」

「……もしかして」

和馬《かずま》が、おそるおそる横《よこ》へとゆっくり視線《しせん》を移《うつ》す。

みんなから突然注目《とつぜんちゅうもく》されたすみれは、まんまるな瞳《ひとみ》をぱちぱちとさせながら、自分《じぶん》を指《ゆび》さした。

「えっ、あたし!?　ぜんぜん覚《おぼ》えてないんだけど」

「えっと、それは……その」

「徳川《とくがわ》くん……なんでそんなことしたの？」

クリスが、眉《まゆ》をひそめながら見《み》つめてくる。光一《こういち》は、あわてて手《て》を振《ふ》った。

「その！　家《いえ》が近《ちか》いからって、すみれがしょっちゅう、おれの読書《どくしょ》を邪魔《じゃま》するから」

「たったそれだけで……!?」

「たしかに、大《たい》したことじゃないかもしれないけど。でも、キャッチボールをすれば、迷《まよ》わず絶《ぜっ》対《たい》とれないような剛速球《ごうそっきゅう》を投《な》げてくるし、公園《こうえん》で回転遊具《かいてんゆうぐ》に乗《の》ったら、おれが酔《よ》うまで全力《ぜんりょく》で回《まわ》してくるし、ブランコに乗《の》ってたら、一周《しゅう》しそうなスピードをつけてくるし……」

全部《ぜんぶ》、悪気《わるぎ》はなかったんだろうけど。

光一《こういち》は、ゆっくりと目《め》をそらす。しぶい顔《かお》で目《め》を背《そむ》けながら、頭《あたま》をかいた。

「だから、少《すこ》しおどかしてやろうと思《おも》ったんだ。でも、せいぜいおれのとなりの部屋《へや》にしかけをして、かくれたクローゼットから動《うご》かしてみせただけなんだけど……すみれはすっかり驚《おどろ》いて倒《たお》れるし、目《め》を覚《さ》ましたら幽霊《ゆうれい》がいたの一点張《いってんば》りで、ニセモノだって言《い》っても聞《き》かないし」

しかも、あまりにショックが大《おお》きかったのか、すみれはくわしいことをぜんぜん覚《おぼ》えていなかった。その結果《けっか》、遊《あそ》びにくる回数《かいすう》はちっとも減《へ》らなかったんだよな。

「……ちょっと待《ま》って。それって、つまり……」

ゆらり。

イスから立《た》ちあがったすみれが、一歩《ぽ》ずつ光一《こういち》に歩《あゆ》みよる。前髪《まえがみ》が、顔《かお》にかかってその表情《ひょうじょう》はよく見《み》えない。

それが、かえって不気味《ぶきみ》だ。

マズい。

すみれの小《ちい》さな体《からだ》から、ぐんとプレッシャーを感《かん》じて、光一《こういち》はソファから腰《こし》を浮《う》かせた。

「すみれ、その、落《お》ちつけって」

「つまり、あたしがユーレイがダメになったのは、光一《こういち》のせいってこと……？」

「それは、あー……ええっと」

ふらふらと歩《ある》いてきたすみれが、光一《こういち》の目《め》の前《まえ》で足《あし》を止《と》める。部屋《へや》が、嘘《うそ》のようにしんと静《しず》まりかえった。

みんなが、緊張《きんちょう》で息《いき》をのむ。

ここは、ひとまず――。

光一《こういち》は、すみれのつむじを見下《みお》ろしながら、パンと両手《りょうて》を合《あ》わせた。

「ごめん！　おどかしたのも黙《だま》ってたのも、おれが悪《わる》かった！　もう二度《にど》とやらな――」

「問《もん》っ・答《どう》・無《む》・用《よう》のっ」

すみれがにぎりしめていたこぶしが、ばっと開《ひら》かれたかと思《おも》うと、次《つぎ》の瞬間《しゅんかん》にはシャツのえり首《くび》をつかまれる。

いつの間《ま》にか、反対《はんたい》の手《て》で、ぐいっと足《あし》が持《も》ちあげられていた。体《からだ》が完全《かんぜん》に宙《ちゅう》に浮《う》きあがって、真《ま》っ逆《さか》さまになる。

「犯人《はんにん》にもお見舞《みま》いした、必殺《ひっさつ》……」

「待《ま》っ、待《ま》て、すみ――」

ああもう。

謝《あやま》っても、やっぱりこうなるのか！

ドーン！

床《ゆか》に、肩《かた》から体《からだ》をおもいっきりたたきつけられる。への字《じ》に口《くち》を曲《ま》げたすみれが、荒々《あらあら》しく天《てん》井《じょう》に向《む》かって指《ゆび》をつきたてた。

「すくい投《な》げっ、一本《いっぽん》！」

「……幽霊《ゆうれい》よりも、五井《ごい》のほうが断然強《だんぜんつよ》そうだ」

おれも、和馬《かずま》の意見《いけん》に賛成《さんせい》だ。

すみれのほうが、幽霊《ゆうれい》よりもはるかにキケンじゃないか⁉

光一《こういち》は、床《ゆか》から天井《てんじょう》を見上《みあ》げると、はーっと息《いき》をついた。

作戦終了《さくせんしゅうりょう》

★あとがき

こんにちは。『世界一《せかいいち》クラブ』を書《か》いている、大空《おおぞら》なつきです。

続《つづ》けての人《ひと》も、初《はじ》めての人《ひと》も、この本《ほん》を手《て》に取《と》ってくれて、ありがとうございます。

今回《こんかい》の世界一《せかいいち》クラブは、みんなで楽《たの》しい宿泊体験《しゅくはくたいけん》！

もちろん、世界一《せかいいち》クラブの五人《にん》で普通《ふつう》に終《お》わるはずもなく。トラブルを起《お》こしたり、巻《ま》きこまれたりの大《おお》さわぎ！　まさかのあの人《ひと》の大《だい》ピンチは、ヒヤッとしてもらえましたか？

みんなでいっしょに何《なに》かをやることで、意外《いがい》な一面《いちめん》が見《み》えたり、新《あたら》しい見方《みかた》に気《き》づいたり。人《ひと》と人《ひと》が集《あつ》まると、不思議《ふしぎ》な化学変化《かがくへんか》が起《お》きますよね。

少《すこ》しずつ距離《きょり》を近《ちか》づけながら、そうして刺激《しげき》しあっていけたら、すてきだなって思《おも》います。

そして、ここからはメンバーのヒミツを暴露《ばくろ》する、『世界一《せかいいち》クラブに直撃《ちょくげき》☆大質問《だいしつもん》』です！

前回《ぜんかい》は、和馬《かずま》の苦手《にがて》なものを暴露《ばくろ》し……うっ、なんだか背筋《せすじ》に悪寒《おかん》が（気《き》のせいだよね？）。

今回《こんかい》は、本編《ほんぺん》で大活躍《だいかつやく》したクリスに質問《しつもん》していきたいと思《おも》います！

ではさっそく！　好《す》きな、苦手《にがて》な食《た》べ物《もの》は？　趣味《しゅみ》は？　お休《やす》みの日《ひ》はどこに行《い》く!?

「あの……えっと、好《す》きな食《た》べ物《もの》はチーズケーキで……その、うめぼしが少《すこ》し苦手《にがて》で……しゅ、趣味《しゅみ》は、えっと、ええっと……」

「もー、あんまりクリスを困《こま》らせないでよ！」

えっ、まさかのすみれが出《で》てきた!?　でも、じつはすみれにも、たくさん質問《しつもん》があるんだ～。

「あたしにも？　どんなどんな？」

えーっとね、兄弟《きょうだい》はいるのかとか、好《す》きな食《た》べ物《もの》とか。

「それならカンタン！　妹《いもうと》が一人《ひとり》いて、好《す》きな食《た》べ物《もの》は、まいう～棒《ぼう》とからあげで――」

あと、一番多《いちばんおお》い質問《しつもん》は、好《す》きな人《ひと》はだれか、かな！

しかも、みんなそろって予想《よそう》してる人《ひと》がいて……ヒッ、すみれの目《め》がすわってる!?

「そういうのは、軽々《かるがる》しく聞《き》いちゃダメなんだって……ば！」

あっ、すみれ待《ま》って、落《お》ちついて――。

「全力全開《ぜんりょくぜんかい》っ、一本背負《いっぽんぜお》いっ！」

ギャー！　……あいたたた。あーあ、クリスといっしょに、あっちに行《い》っちゃった。

ということで、世界一《せかいいち》クラブのメンバーに聞《き》きたいこと、お待《ま》ちしております！　どしどし、お手紙《てがみ》で質問《しつもん》してくださいね。このコーナーやお話《はなし》の中《なか》で（!?）、お答《こた》えしていきます。

いつもすてきなお手紙《てがみ》を送《おく》ってくれて、本当《ほんとう》にありがとう！
みなさんからの応援《おうえん》が、わたしの力《ちから》になっています。キャラクターについてのアツいお話《はなし》や、すてきなイラストなどなど。どれも、わたしの宝物《たからもの》です！

第《だい》五巻《かん》は、二〇一九年《ねん》一月《がつ》十五日《にち》に発売予定《はつばいよてい》……ですが！
なんとその前《まえ》に、二〇一八年《ねん》十一月《がつ》十五日発売予定《にちはつばいよてい》の『おもしろい話《はなし》、集《あつ》めました。Ｅ《エメラルド》』に、またまた世界一《せかいいち》クラブが大出張《だいしゅっちょう》！　光一《こういち》の放課後《ほうかご》を、みんなで大調査《だいちょうさ》!?
二冊《さつ》とも、楽《たの》しみに待《ま》っていてくださいね。

この本《ほん》を手《て》に取《と》ってくれたあなたも、もう世界一《せかいいち》クラブのメンバー。
また、次《つぎ》の事件《じけん》でお会《あ》いしましょう！

二〇一八年《ねん》七月《がつ》　　大空《おおぞら》　なつき

角川つばさ文庫

大空なつき／作

東京都在住。布団に入ると三回寝返りをする間に眠ってしまう、世界一のねぼすけ。動物では、シャチが大好き。いつもグッズを集めています。『世界一クラブ』にて、第５回角川つばさ文庫小説賞一般部門〈金賞〉受賞。著作に『世界一クラブ　最強の小学生、あつまる！』『世界一クラブ　テレビ取材で大スクープ！』『世界一クラブ　伝説の男と大勝負!?』（すべて角川つばさ文庫）。

明菜／絵

イラストレーター。「ミカグラ学園組曲」シリーズ（MF文庫Ｊ）のイラストを担当し、TVアニメ化される。角川つばさ文庫では、「世界一クラブ」シリーズのイラストを担当。

角川《かどかわ》つばさ文庫《ぶんこ》　Aお2-4

世《せ》界《かい》一《いち》クラブ

宿《しゅく》泊《はく》体《たい》験《けん》はサプライズ!?

作《さく》　大空《おおぞら》なつき

絵《え》　明菜《あきな》

2018年９月15日　初版発行

発行者　郡司 聡
発　行　株式会社KADOKAWA
〒102-8177　東京都千代田区富士見 2-13-3
電話　0570-002-301（ナビダイヤル）
印　刷　大日本印刷株式会社
製　本　大日本印刷株式会社
装　丁　ムシカゴグラフィクス

ISBN978-4-04-631816-9　C8293　　N.D.C.913　215p　18cm

KADOKAWA　カスタマーサポート
［電話］0570-002-301（土日祝日を除く11時～17時）
［WEB］https://www.kadokawa.co.jp/（「お問い合わせ」へお進みください）
※製造不良品につきましては上記窓口にて承ります。
※記述・収録内容を超えるご質問にはお答えできない場合があります。
※サポートは日本国内に限らせていただきます。

読者のみなさまからのお便りをお待ちしています。下のあて先まで送ってね。
いただいたお便りは、編集部から著者へおわたしいたします。

〒102-8078　東京都千代田区富士見 1-8-19　角川つばさ文庫編集部